一首 诗

Birth
of
a Poem

《诗探索》编辑部 编

林莽 海城 主编

的诞生

首都经济贸易大学出版社

Capital University of Economics and Business Press

·北 京·

图书在版编目（CIP）数据

一首诗的诞生/林莽，海城主编. -- 北京：首都经济贸易大学出版社，2018.11

ISBN 978 - 7 - 5638 - 2741 - 1

Ⅰ.①一… Ⅱ.①林…②海… Ⅲ.诗集—中国—当代②诗歌创作—研究—中国—文集 Ⅳ.①I227②I207.22 - 53

中国版本图书馆 CIP 数据核字（2017）第 330989 号

一首诗的诞生

《诗探索》编辑部 编

林 莽 海 城 主编

YISHOUSHI DE DANSHENG

责任编辑 天下谿
封面设计 进子
出版发行 首都经济贸易大学出版社
地 址 北京市朝阳区红庙（邮编 100026）
电 话 （010）65976483 65065761 65071505（传真）
网 址 http：//www.sjmcb.com
E - mail publish@cueb.edu.cn
经 销 全国新华书店
照 排 北京砚祥志远激光照排技术有限公司
印 刷 北京玺诚印务有限公司
开 本 880 毫米×1230 毫米 1/32
字 数 282 千字
印 张 11
版 次 2018 年 11 月第 1 版 2019 年 3 月第 1 版第 2 次印刷
书 号 ISBN 978 - 7 - 5638 - 2741 - 1/I·55
定 价 35.00 元

编者的话

本书收录了 50 位诗人的 50 首诗和 50 篇谈一首诗是如何发生及如何创作的文章。我们借用《诗刊》老编辑王燕生先生"一首诗的诞生"的提法作为本书的书名，它很好地诠释了这些文章的总体倾向和每一篇谈论诗歌创作文章的内涵。

这些文章，除了选用了几位诗人的旧作外，大多是应编者之约为本书专题撰写的。这些诗人都是 21 世纪以来，中国诗坛最活跃和最有代表性的优秀诗人。这些文章较为集中地反映了当下中国新诗的创作方向和诗歌水准，为热爱新诗的读者，也为新诗的创作和研究者提供了很好的学习和研究的第一手资料。

诗人写文章，不同于学者的论文，他们以独特的思维和个性化的书写方式，为我们呈现了各自不同的行文与格调。50 篇文章从不同的角度谈了对诗歌的理解、认知和对诗歌创作的设想和实践，为我们呈现了许多有价值的论述与看法。所有的文章的内容都具体而翔实，值得一读。

此书从约稿到编辑用了半年的时间，在成书之际，向所有支持我们的诗人表示由衷的感谢，并祝愿诗人们创作出更多更好的诗歌作品，写出更多的好文章。谢谢！

2018 年 10 月

目录

/

1

目录 /
2

目录
/
3

目录 /
5

石榴花只开一个夏天

丁立

我要为你梳妆

挽高高的发髻

让你记住每一个阴柔的女子

古典仍是她的锋芒

1999 年夏天，怀孕不久的我开始盘头，改穿平底鞋和肥大的衣服，像往常一样穿过家属楼前的空地回家。空地上栽着几棵石榴树，它们正在开放的花朵，既艳丽，又不像其他花朵那么轻浮、招摇，我感到了强烈的诗意来袭。当我提笔写下《石榴花开了》这首诗，我没有想到，日后它会被很多人误读为爱情诗。

不知从什么时候起，爱情这个舶来的词语竟成了一个出镜率颇高的词语，可对于从小缺乏安全感的我来说，只看到有两情相悦的瞬间，却一直难以相信，世界上真存在爱情这回事。其实，这首诗的原题叫作《家》，是 1999 年我怀孕后不久写的。如果不是当时《诗刊》社的林莽老师把它改成《石榴花开了》，还不会赋予这首诗如此大的阐释空间。对于林老师点铁成金的功力，我是非常钦佩的。这首诗后来发表在2000年9月的《诗刊》上，诗无达诂，诗意就在多义和误读中产生了！

可我还是不得不说出这个稍微有点煞风景的事实：在创作之初，它真的不是一首爱情诗——尽管我和丈夫也谈过5年恋爱，并且结了婚，在我看来，那种生活轻飘飘，矫情，夸张，不真实，不庄重，不是人生的常态，是孩子的突然降临，改变了一切，给了我家的安全感和庄严的母性美。

那些日子，日子是慢的，突然没了一定要打拼的东西，没了让我不安的东西，我的性格中也没有了那些敏感、多疑和不良的情绪，变得温柔似水。全心全意等待一个生命的降临，这就是一切；丈夫呢，也熟络得好像邻家大哥，牵着他的手，突然就有了白头到老、天荒地老的感觉。在我看来，这种天荒地老才是一种古典的感觉。

那天，在诗歌的第一现场，透过这些美丽又有些素朴的石榴花，好像看见那些即将在秋天里结籽的石榴——那被点亮的一盏盏小灯笼，我就在这素朴之中看见了绚烂，突然就觉得，在我怀孕和石榴怀籽之间，有一种神秘的关联和对应。石榴花不动声色地开，也被赋予了一种惊心动魄的色彩，仿佛只为隐喻我那一刻的心情——什么都不重要了，我的心里只有这么一件大事，虔诚地盼望孩子的出生，这是一种盛大的迎神的心情，整个世界都无限推远成背景。这个发现给我带来莫名的悸动，等我回到屋里，已感觉满满的诗意萦怀，后面的诗句顺流而下，几乎不费什么力气：

> 节日一般　我环绕着你的手
> 采摘的动作
> 真像耳背的情人
> 宁愿保留对世界更大的无知

是这样，一个女人在怀孕，她变成了整个世界的中心，整个世界都在呵护她，怕她被电脑辐射，怕她摔倒，就连坐公交车时，也有人争着给她让座——这是让人多么放心的事实，这让我每每回忆起来就满含热泪，感受到人生里那些温暖、靠得住的东西。突然，一个词语跳入我的脑海，那就是"好日子"这个词。于是乎，下面顺流而下的句子，简直有如神助，简直不像出自我的手：

> 石榴花开了　好日子
> 但愿我能布衣荆裙，不动声色地裹走什么
> 但愿我的秋天，只是一颗
> 为小小的幸福而透不过气来的
> 酸酸的石榴

我相信轮回。我总感觉，我是一个有着前生后世、来历非凡的人，那是一种前世的乡愁，那种神秘感总是不时在我的诗歌里冒头，再加上发胖的时候，有人开玩笑说我是杨玉环，所以，在这里，我又和杨玉环这位古代美女叠在一起了，

诗歌的语境也和那个色调明丽的盛唐叠合在了一起。对于一向忧郁的我来说，那是我心情最好的日子，也只有那个盛世王朝才能比拟那种豪华而奢侈的心情，由此，我将慢慢步入壮士悲歌、一去无返的中年。实际上，多年后回望，那种心情的确就像一种世纪末的瑰丽永不再来：

　　我是盛唐的女人　发髻盘得高高的
　　长安的落日　拢得低低的
　　丰腴　仍是我
　　楔入现实的唯一的　美啊

　　没有人知道，1999 年的夏天曾有着怎样一张美丽而不动声色的脸，有一个腰围加粗的少妇，曾多么想把这种秘密传递给更多的人，想与她们分享那种幸福，说她的幸福是古已有之的幸福，是有典故的幸福。不需要浪费更多的笔墨了，如果您在三言两语之中已读懂了她的诉说，并在掩卷之余微微一笑，或许，这首诗就是为您写的，您就是那个在奇崛诡异的夏天，曾与她碰巧邂逅的知音，是那个能为时光的秘密作证的故人。

　　《石榴花开了》，可以说是在迎接孩子的诞生，也可以说是在迎接一首诗的诞生。直到现在，我都缅怀那种不动声色的美丽，我觉得，作为一个母亲的女人才是美的，没有了那么多轻佻和骚动，美在庄严。

『附诗』

石榴花开了

我要为你梳妆
挽高高的发髻
让你记住每一个阴柔的女子
古典仍是她的锋芒

节日一般　我环绕着你的手
采摘的动作
真像耳背的情人
宁愿保留对世界更大的无知

石榴花开了　好日子
但愿我能布衣荆裙，不动声色地裹走什么
但愿我的秋天，只是一颗
为小小的幸福而透不过气来的

酸酸的石榴

我是盛唐的女人　发髻盘得高高的
长安的落日　拢得低低的
正如被时间淡忘的一本本史书
丰腴　仍是我
楔入现实的唯一的　美啊

作者简介:

丁立,本名丁莉。70 后,河南诗歌协会理事,河南作家协会会员。作品散见于《诗刊》《星星诗刊》《诗选刊》《绿风》《诗林》《诗歌月刊》《北京文学》《诗探索》等刊物,作品被《2000 年度中国诗歌》《新世纪五年诗选》《2007 年中国诗歌精选》《2007 年中国最佳诗歌》《2010 年度中国诗歌》《2011 年度中国诗歌》《2011 年中国诗歌精选》《2012 年中国诗歌》等选本转载,9 次获得《人民文学》和《星星》等全国征文奖,2012 年获得华文青年诗人奖。

谈谈我的《罗家生》

于坚

经常有读者来信问及我 1986 年发表在《诗刊》11 月号上的《罗家生》这首诗。我得承认，我从未料到这首诗会引起这么多的关注。1986 年在太原开青春诗会，山西省的老诗人岗夫听《诗刊》的王燕生老师给他读这首诗，竟然热泪盈眶。我当时很惊讶，亦悟到一些我在写这首诗时所未想到的东西。

罗家生当然是实有其人的。我 16 岁就不得不中断学生生涯，到昆明附近的一家工厂当学徒工。那时国家搞"文化大革命"，工人阶级领导一切，当工人是最光荣的。我 16 岁时最想当的不是诗人，而是一个木匠。这在今天理想远大，以荷尔德林或博尔赫斯为楷模的诗歌爱好者看来，似乎粗俗而缺乏浪漫。然而，生活正是这样，并非浪漫的生活才有可能是真正的生活。我在这个工厂一待就是 10 年。罗家生是我所认识的无数个工人中的一个。他的生活确实如我诗中记述的那样，骑"兰铃"车，电工技术高超。他甚至比我在诗中写出的那个人更糟糕。他肮脏，并且一直患有慢性肝炎的样子。可他一直是个优秀的技工。这意味着，他的生活细节会被忽略，人们一直注重他的技术，他对无线电知识和操作尤其在行。干写作这行的一贯听到的是所谓只要"深入生活，就能写出好作品"这类话。我和这个罗家生认识的第五年，他死了：他修电炉，电炉爆炸了。我亲眼看见他死去的惨相，肮脏、瘦削，正在干活的时候死去了，脑门上一个大口子；可以看到脑浆在晃动，令人恶心。我想，对某一种生活深入到这个地步，或许一定有的可写了吧。但我整整过了 5 年，从未想过要写写这位罗家生。在我 25 岁以前的那个时代，人们的眼光是向上的，是崇拜英雄的。而对罗家生却需要"平视"才能注意到。他是百货大楼内正在购物的芸芸众生之一，要"平视"其中的某一位，很不容易。因为他并不以某种异质凸出来或凹下去，他是平的。

　　我在这位工人死去大约第五年后的某一天，动笔写他。然而写作这件事和这个人有什么关系呢？他只是一次写作事件的触发点。用艾略特的话说，他只是一个"客观对应物"。我想，我写的不是罗家生，而是围绕着这个人生存状态的某种语境和它的语言方式。我那时正在大学中文系读书。那是 1982 年，正值 20 世纪最激动人心的年代之一。我那时阅读了法国新浪潮电影的一些理论和剧本。我尤其受到一种"纯客观记录生活"的理论的影响。据说这类电影把摄影机暗藏在房间的墙壁上，演员在最无表演的情况下流露的真实场景被编入片子。此外，舍伍德·安德森的《小城畸人》也给了我深刻的印象。我想，那个时代许多不同凡响的书籍的出现，改变了我对世界的视角（从父母和小学老师那儿继承的视角）。那时候，罗家生的影子出现了。但他并不重要，我完全可以写另一个人，在那个工厂，罗家生这样的人有1 300多个。重要的是他的生存所呈现的语境使我意识到了语言的显现。如果不是那些句子的涌现，我想我是不会写这个人的。那些句子使我写定了这首诗，并且意识到什么是我个人的语言，我最善于把握一种什么样的语境。罗家生只是一晃就过去了，之后完全是我自己对语言的把握：对词的位置的安排，对语感的控制。我想我那时意识到了只属于这首诗的"声气"。这绝不是新闻报告员的代表总体话语的声气，也不是一个小罗曼蒂克自怨自艾的"啊……"。我想这声气比较平静，比较符合罗家生所在的那种语境，不喧嚣、不自卑，只是"在"。

语言的"客观"是相对说的，纯客观的语言对语言来说是不存在的。即便是像普鲁斯特的《追忆逝水年华》那样把一切破碎细节都描写下来的鸿篇巨制，也不是纯客观的。我说客观的写作，仅仅相对于某种乌托邦的浪漫写作而言。《罗家生》这首诗，它之所以使许多读者感到"客观"，乃是因为这里并不激发读者对生活的虚构力，而是激发读者对"存在"的确认。事实上，这首诗的写作"主观"得很，把一个人的一生压缩在十几行文字之内。这里面已经舍弃了多少有血有肉的细节！然而，正是从一个庞杂无比的语境中说出最具这种语境效果的那几句分行排列的文字，才使得一个诗人之所以成为诗人。在《罗家生》一诗中，我为"在他的箱子里，搜出一条领带"这句很费踌躇，我在考虑是用领带一词还是用皮鞋一词。诗人不外乎是对每一个词的使用都要掂掂分量的某种咬文嚼字的谨小慎微者，因为一个词放错了地方，会影响一首诗全部的形式。我最终没有用"皮鞋"而用了"领带"，是因为：我在罗家生生活的众多词汇中挑出的这两个词，都具有某种时代的积淀层。1966 年开始的"文化大革命"，使本来属于中性名词的皮鞋和领带这两个词，已经具有了"隐喻"能力，"皮鞋"至少隐喻物质生活的奢侈，"领带"则隐喻西方生活。那个时代，由于某人拥有一条领带而犯罪的事并非虚构，而是我亲历的。罗家生是否有领带我不清楚，但我的舅舅确实由于一套西装在箱子里被查出来而获罪。罗家生、我舅舅的箱子都不重要，重要的是要意识到一个词在它的时代，人们可以在怎样的位置上使用它。我最终舍弃了"皮鞋"而用了"领带"，是因为它的隐喻力量更强也更明白。

　　《罗家生》应该是一篇相当散文化的叙事性作品，我甚至敢说这是一首史诗，至少我理解的史诗是如此。史诗并非是虚构或回忆某种神话，史诗是对存在的档案式记录，对缺乏史诗传统的中国诗歌来说，史诗往往被误解为神话式的英雄故事。有一段时间，对文化的索隐式想象也被认为是史诗的开端，真令人沮丧。《罗家生》在很多场合，尤其是在文化人那里，一直被视为"非诗"。我一直以此为自豪，那时我写作的力量就是要使某种士大夫的高雅趣味受到伤害，我记得我读到尼采对德国上流社会文化的抨击时是多么的激动。那是 1982 年的夏季。我和我同时代的诗人有些不同的地方，是我 16 岁就进入大机器轰鸣的工业社会生活，那时候，我生活的工厂是乡村的海洋包围中的一个孤岛式的独立体。在这里，新时代的文明和道德感与乡村小农式的浪漫和美丽完全不同。一切都是坚硬、冰冷的，个人不存在，一切都必须服从机器的秩序，如果在干活时满脑子什么麦地啊红月亮啊就会发生工伤事故。我因此很年轻就养成一种冷静、不感情用事的生活态度。这或许在浪漫主义的才子看来，完全与诗无缘，因为诗是抒情的。然而，我的阅读告诉我，也许在另一种时代，我们正需要一种不浪漫的、情感控制的诗人，20世纪许多作家、艺术家都是这类人物。乔伊斯为了准确地描写河流，竟拿着测量器测量河的流速。斯特拉文斯基的写作环境像化学药剂师的配剂室。据说这位大师有一次为芭蕾舞大师巴兰钦的舞蹈配曲，巴氏说这段曲大约要十一二分钟，斯氏问：准确点，十一还是十二？他能像解题一样配曲，真是不可思议。20世纪的倾向是非个人化，是拒绝浪漫主义的，情感是控制的。如果再看看20世纪四五十年代后的作家，便让人更有此感，例如罗布·葛利耶这些人。我认为我个人的写作气质和这些作家更相通。我平时讨厌乌托邦式的东西，我喜欢具体、实在、冷静以及回到事物这种趋向的写作。"世界并不无意义也不有意义，它存在着，如此而已。"我很赞赏葛利耶的这句话。我的创作和我从少年时代就脱离乡土的中国社会很有关系，当然我也不可能不受到，并且是严重地受到乡土中国的熏陶，因为我的工厂在那个时代，毕竟只是被大片麦地包围的孤岛。

我今天当然不认为《罗家生》完全代表我个人的美学方向，它只是一个过程、一个必经的台阶。现在检讨起来，我认为《罗家生》一诗在审美趣味上是相当传统的。至少，它仍旧是一首"隐喻性"的作品。正如我前面对"领带"一词的分析，《罗家生》之所以赢得一些读者的认可，乃是它的隐喻力量，它对一个时代某些本质方面的把握。我在写作时曾想客观地、不带任何暗示地写这首诗，最终这首诗却充满了暗示。它至少暗示了一个时代对个人的不公正，这也是它赢得读者的原因。我觉得这是不合我写作的初衷的。我确实想写"火车像火车那样开着"一类的东西，然而我最终堕入语言的陷阱。《罗家生》实际上是一首相当感伤的诗，它的人本主义和罗曼蒂克式的怜悯都显而易见。而在我看来，最好诗人应当彻底地拒绝"我"的出现，拒绝一切来自"我"的东西。

对一首早已发表多年的诗说这么多话，仅仅表明我今天已和这首诗毫无关系，我只是一个读者。我所谈的仅仅是一些读后感。这些文字我敢说完全无助于一位作者明白如何写诗这件事，它最多告诉我们一位诗人在写作时可能遇到些什么情况。我从来不相信一位诗人能告诉别人怎样写诗这种事。许多朋友常给我来信，问及写诗之法，我总是沉默，我不想自以为是，以使人误入歧途。读者可以把这些文字当作一篇还算有趣的散文，一篇有关写诗这一事件中的一些琐事的记录。

『附诗』

罗家生

他天天骑一辆旧"兰铃"
在烟囱冒烟的时候
来上班

驶过办公楼
驶过锻工车间
驶过仓库的围墙
走进那间木板搭成的小屋

工人们站在车间门口
看到他　就说
罗家生来了

谁也不知道他是谁

谁也没问过他是谁
全厂都叫他罗家生

工人常常去敲他的小屋
找他修电表　修手表
找他修收音机

"文化大革命"
他被赶出厂
在他的箱子里
搜出一条领带

他再来上班的时候
还是骑那辆"兰铃"
罗家生
悄悄地结了婚
一个人也没有请
四十二岁
当了父亲

就在这一年
他死了
电炉把他的头
炸开了一大条口
真可怕

埋他的那天
他老婆没有来
几个工人把他抬到山上
他们说　他个头小
抬着不重
从前他修的表
比新的还好

烟囱冒烟了
工人们站在车间门口
罗家生
没有来上班

1982

作者简介：

　　于坚，男，1954 年 8 月出生于昆明。做过工人、宣传干事、大学教师、研究人员等。云南师范大学文学院任教，云南作家协会副主席。20 岁开始写诗，25 岁发表作品。著有长诗《零档案》及杂文集《棕皮手记》《相遇了几分钟》等，其作品被选入多种文学选本。

我与我的《远秋》

尤克利

许多个年头过去了，直到现在我还是有怵秋的感觉。秋天的乡村景色是美丽的，各种各样的庄稼成熟了，家家户户都忙着收秋，金黄的玉米、红红的高粱、饱满的豆子，还有用搓板切成片晒干的地瓜干儿，让人感到心里踏实。但过了寒露之后，天气开始冷了，树上的叶子开始变黄，然后在一阵阵凉风中开始掉落。每到这个时候，母亲的哮喘病就更加厉害了。从记事起，母亲就经常咳嗽，发高烧，我真怕她会像一片秋天的树叶一样在某一天里突然离我而去，所以除了上高中时去五里路远的镇驻地的沂南四中住校外，从没有再去远处的打算。

我在一篇文章里提过我少年时代的忧伤来自体弱多病的母亲。即使不是秋天，母亲的身体也老是不好，让我从孩童时起无论干什么心里都像个小大人一样装着一桩沉沉的心事。上学了，每回放学后我都要和小伙伴们去割猪草、玩游戏、捉小鸟，或去沂河沙滩里拾蛤蜊，去菠萝地里拾菠萝豆放在麦秸秆上吹……同伴们的母亲都有一个壮实的身体，他们的无忧无虑总是让我羡慕。好在母亲没有过早地弃我而去，她有时候还能强撑着干一些家务，累得后背疼，让我用刀背一下一下地给她捶背——这是我最不愿意做的事情。

30 岁之前我一直没出过远门，最远的是赶过几次外县的山会卖过大米糖和木货，更多的时间是在村后的果园里度过的，在果园里开始学着写诗，到了 30 岁那年，县里号召种冬暖式大棚蔬菜，我们村是重点，上面有一个去日本北海道学习种菜的名额，在我哥的劝导下，我鼓足了勇气去北海道进行了半年的农业研修。那地方 10 月份就下起了雪，漫山遍野的红叶是一大靓丽的景色。有人往家里打电话时哭鼻子，我没有。每到夜晚，我总是朝着家的方向呆望，思量隔着大海隔着无数重山峦的那个温暖的家，想自己的双亲、妻子和年幼的孩子，恨不得立即就结束这段研修。其间担忧最多的还是老母亲，进入秋天后母亲的身体肯定是更加虚弱了。

那是 1995 年。以后的几年里，我以一种差不多封闭的生活方式在家种大棚蔬菜。2003 年，为了比种菜多赚点钱，我跟我哥去了徐州电厂的电建工地务工，又一次离开家，感到千里遥远又无可奈何，挂念老母亲、想家的滋味难以表述。电厂离市里不远，秋天的徐州市里大街小巷的法桐树叶子被风刮得到处乱飞，更增加了远游人对家的想念，令我时常有要表达一种情绪的冲动。俗话说，父母在不远游，这种道理是双向的，你在挂念着亲人，亲人也无时无刻不在惦记着你。刚入秋母亲就让我哥给捎来了棉袄棉裤。都 21 世纪了，还让我穿着棉裤干活？还当我是 3 岁小孩啊！我有些好笑，又想起了小时候的秋天里，早早地被母亲强制着穿棉裤的情景，看来自己无论长多大，即使是头上添了白发，在母亲的眼里也还是个小孩子。

我的这首短诗《远秋》就是在那年秋天写下的，发表在2004年的《诗刊》下半月刊10月号上，后来被《诗探索》等十多个选本选载，社科院文学研究所的刘士杰教授还为其写了点评，后又被选入语文课外读本九年级上册《放飞理想》中。这是一首没有技巧可言的小诗，偶尔读到它时还会感到它的浅显，现在还能有人记起它的原因，是我在徐州的落叶秋风中即景记录下了自己的真实感受。在写下这首诗不到两年后母亲就去世了。我们母子最后一次见面是在母亲去世的前十多天，那时母亲执意地让妻子给我打电话，让我从徐州回家。在母亲的床前，她一遍遍地嘱咐着我一些琐碎的事情，望着我的眼神是那样的慈爱！现在想来，那眼神里包含了太多留恋的成分，还有宠爱、无尽的牵挂，还有在潜意识里感到即将永别的无奈……我也说不清楚，也许这种心情要等到自己年老的时候才能真实地体会到。

我知道自己身上还流淌着父母的血，是他们的延续，还要努力地爱着这平凡的生活。时日匆匆，冷暖交替，除了在梦中偶尔见到母亲以外，她再也不会催促我在春天换上单衣，在秋天早早地穿上棉裤，让我给量体温，服侍着吃药，或者向我说起对离世的恐惧。以后的秋天里我的心不会因为落叶而揪得更紧，但更不会因少了这份担忧而感到轻松，特别是在离家很远的地方，萧瑟的秋风中有时无端地感到在世的恍惚和迷离。来日并不方长，脚下的道路却还看不到头，那么渺小的一个自我，在这个世上少了一个人的牵挂或不牵挂另一个人也许算不上什么，但少了母亲的牵挂是任何人也不能弥补得上的。况且，子欲养而亲不待，无论如何，我再也没有机会在母亲的床前尽一点孝心了。

『附诗』

远秋

徐州的桐叶黄了
这个季节的风，不会将这些信笺
寄到我想念的地方去
鸿雁传声，说故乡那边
夜夜凝霜。我知道最先打湿的
依然是黄昏里母亲的头巾

札幌的枫叶红了。那年
母亲给我寄去毛衣时
北海道的初雪，就像
鸟儿纷纷脱掉羽毛；阿嚏——
正是那场雪呵
让远方的母亲，重重地
感冒了一场

作者简介：

　　尤克利，男，1965 年出生，山东沂南人。中国作家协会会员，山东省作家协会诗歌创作委员会委员，山东省作家协会签约作家。在《诗刊》《星星》《飞天》《诗探索》《诗选刊》等数十家刊物发表诗歌 800 余首，有作品被《新华文摘》《名作欣赏》《青年文摘》《青年博览》等转载，入选过《中国年度诗歌》《中国诗歌精选》等数十种诗歌选本，其中《远秋》被选入中学生课外阅读读本。著有诗集《远秋》《春天来信》《尤克利诗选》。曾获《诗刊》社第七届华文青年诗人奖，首届中国十大农民诗人奖，山东省政府第二届泰山文艺奖文学创作奖。参加过《诗刊》社第 23 届青春诗会。

降临或相遇：一首诗歌的话外音

毛子

写作如同琴师调试他的琴弦，他必须找到属于他内心的那个音调。我们谁也不知道下一首诗歌在哪里，是个什么样子，在何时来临。这就需要我们有等待的耐心，需要我们不断地调试能带你进入诗歌入口的那个音调。然而，这样的寻找不能刻意，它得在自然的状态下和你不期而遇，就像在漆黑的过道里摸索，不经意间触碰到黑暗中的那个开关，一下子让盘踞在你心里的纠结和模糊，豁然开朗，让你找到通向写作秘密的通道。

《独处》就是一首久久发酵而不知其所，豁然被一条大河打开的"恍然之作"。长期以来，寄居在钢筋水泥的城市中，一种现代人的紧张、焦虑和压迫，让我有种逃离和疏远的欲望，这逃离的感觉指向梭罗《瓦尔登湖》一样的安静和陶渊明"久在樊笼里，复得返自然""开荒南野际，守拙归园田"的归隐和怡然。但怎样在文字的语境中，让你期待的东西能像乡下马车一样把你自然地送达，我心里混沌一片，始终找不到入口和路径。

一个星期天的下午，我漫无边际地沿着护城河向城郊走去，直到天地一下子葱茏，人间的喧嚣一下子被过滤成静谧的空气。这样的时刻，我放下心来，完全把自己交托给大自然。我打量周围的一切：头顶上白云悠悠，鸟儿在树枝间无忧无虑地叽喳跳跃，三两个渔民在河边不紧不慢地撒网。而脚下的河流像绷紧的琴弦一下子松弛，率性地拐向远方。这河流的松弛性让我的身心也完全松弛，恍悟，诗的开关被打开，我似乎找到了一首诗的基本语调。脑海里一个句子仿佛青蛙从草丛中跳了出来："河边提水的人，把一条大河/饲养在水桶中。"

这个"河边提水的人"，就是我一直想成为的"那个人"，这种与大自然如此贴切亲密的生活，也是我一直渴望的生活。与一条大河建立起来的联系，也使这首诗歌拥有了深入的空间和开阔的场景。

每个城市人或多或少都有这样的经验和感触：在人群中常常觉得自己并不在场，而夜深人静时，不同的"我"又一一归拢。这种没有根基的漂泊感源自我们在喧哗中的孤独。这是个体的孤独，也是人作为"类"的孤独。于是，接下来，在自然的生活中，我把目光放得更远更古老，我让人类的存在感和"月亮"发生联系："某些时刻，月亮也爬进来/他吃惊于这么容易/就养活了一个孤独的物种。"从本性追溯到事物的本相，不管是人类还是月亮，我们都是宇宙中孤独的物种。

如果说该诗的开头是直接将"我"置身于自然的生活场

域中，那么接下来，就是对这种自然生活的"日常"跟进，并在跟进中，再一次回望、打量你所逃逸的那个世界。这是同时性的双向逆行。双重的打量两个不同生活中的"我的存在"——"他享受这样的独处/像敲击一台老式打字机，他在树林里/停顿或走动/但他有时也去想，那逃离出来的城市/那里的人们睡了吗/是否有一个不明飞行物/悄悄飞临了它的上空……"

一个逃离出来，获得偏安、自得生活的人，怎样获得俯瞰的角度，以一种陌生的视角去观察"那旧的生活"？我的灵感俘获了一个意象——"不明飞行物"，让它代替我，经历而不惊扰我们在人间的维度。

不管是逃逸出来还是封固其中，生命的存在都是这个星球上最值得珍视的。当我面对浩瀚星空，想到这个蓝色的星球是宇宙中唯一拥有泪水的星球，我就充满无限的柔情。所以，在这首诗的结尾，我用一个有温度的梦去拥抱："这样想着，他睡了/他梦见自己变成深夜大街上/一个绿色的邮筒/——孤单，却装满柔软的，温暖的/来自四面八方的道路……"

就这样，一条大河打开并激活了一首诗歌的通道。它让我一下化开了内心表达的淤堵，接下来的"河流""提水的人""月亮""不明飞行物""邮筒"，这些涌现的意象像路标引领着诗歌的速度、温度和通明度，就像一条通幽的小径，把我带入云卷云舒的忘我之境。

一首诗歌的诞生就像分娩，是自然的顺产还是剖宫产，取决于你对它的心领神会。其实，我想表达的生活并非自己创造的生活，而是已有的、离我们越来越远的生活。就像梭罗所说：把旧的翻新，回到它们中去。万事万物没有变，是我们在变。写作就是在无数生命的经验、感悟和梦想中，不断地"以旧翻新"的过程。至于它"分娩"的是一个什么样的"孩子"，答案在读者那里，当不同的读者进入，一首诗歌才活起来，并拥有它自足的世界。

『附诗』

独处

河边提水的人，把一条大河
饲养在水桶中

某些时刻，月亮也爬进来
他吃惊于这么容易
就养活了一个孤独的物种

他享受这样的独处
像敲击一台老式打字机，他在树林里
停顿或走动
但他有时也去想，那逃离出来的城市
那里的人们睡了吗
是否有一个不明飞行物
悄悄飞临了它的上空

这样想着，他睡了
他梦见自己变成深夜大街上
一个绿色的邮筒
——孤单，却装满柔软的，温暖的
来自四面八方的道路……

作者简介：

　　毛子，湖北宜都人，现居宜昌，出生于20世纪60年代。作品散见《诗刊》《诗探索》《人民文学》《扬子江诗刊》等杂志。曾获得2013《扬子江诗刊》年度诗人奖、第七届闻一多诗歌奖和首届屈原诗歌金奖等奖项。自费出版诗集《时间的难处》。

关于《饮驴》

牛庆国

里尔克有一句话："我们应该一生之久，尽可能那样久地去等待，采集真意与精华，最后或许能写出十行好诗。"对于一个诗人，这样的要求的确很残酷。

有时候，我害怕写诗，因为我知道我等待的那首诗还没有来到，同时，我还害怕揭开心里的那些伤疤，疼痛毕竟不是件好受的事；但又常常觉得非写不可，不写感觉更痛。

我的老家是一个十年九旱、穷山恶水的地方，那里的人们祖祖辈辈都在为吃饱肚子而出生入死。我曾问过村里的一些长者，祖先为什么不找一个稍好一点的地方，偏偏把我们带到了这里？长者们也说不清楚。甚至这些人是什么时候来到这里的，也没人知道。他们只有子孙，没有家谱。因为这里没有出过可载入县志的人物和事件，县志上也难以找到有关我们村子的任何蛛丝马迹。就这样，我们的村子就在没有历史的时间里默默地存在着，人们也就一代又一代地在没有历史的村子里日出而作日落而息，像山坡上的草一样一茬茬地黄了又绿了，绿了又黄了。时间在这里的意义，只是无限漫长。人生在这里的意义，只是活着，种地，种地，活着。

我是走出我们村子的第一个读书人，他们都说我中了"举人"。但他们不知道，就是这个在外面混饭吃、见世面的"举人老爷"，对故乡的情感五味杂陈。我把故乡人卑微的生活写在纸上、印在书上，让北京、兰州这样一些大城市里的人们半信半疑地读过，有一些被叫作诗人的人们还知道了在中国西北有一个叫"杏儿岔"的村子。

记得那年春节，我又一次挈妇将雏置身于那个叫杏儿岔的小村。可没过几日，就被水困在了乡下。那里，地下没有泉水，地上没有能供人饮用的河流，家家在院子里挖一口巨大的瓮状的水窖，夏天将雨水集到窖里，冬天将雪存到窖里，一家人所有的用水都靠这口窖。家乡人对水的节俭和珍视是可想而知的，因此，我在一首叫《水》的诗中写道："一窖水/就是一窖白花花的银子。"这年因为一冬无雪，家里的窖水很快就被用光了。年迈的父亲挑着两只水桶四处借水。听着空洞的水桶在村前村后晃荡的声音，我感觉缺水的日子，真是老家最黑暗的日子。那几天，我坚决制止了妻子儿女用窖水洗脸的"奢侈"行为。

晚上睡在母亲用驴粪煨热的土炕上，却辗转反侧总也睡不着。眼前总是父亲沧桑的背影，总是那两只空洞而干巴的水桶。想着想着，就想起以前父亲白天吆喝着毛驴去村口的苦水河里饮驴的情形，记得当时望着奔跑的毛驴身后腾起的黄土和跟在黄土后面的父亲，心里满是苍凉和无奈。忽然，我感觉找到了一个言说的角度，我要对一头毛驴说出我内心的压抑。于是，翻过身来趴在炕上，在一本《诗刊》杂志的空白处用铅笔写下了《饮驴》这首诗。仿佛那句子早已藏在心里，只需动笔就会流淌出来，被默写在纸上。大约十几分钟，就完成了这首诗的写作。诗成，推醒睡在身边的妻子，读给她听。多年来，她一直是我忠实的第一个读者。她说，嗯，明天你就去饮驴吧，路上读给驴听听。

这首诗后来被几十种选本选过，也被多次在有关场合朗诵过，朋友们说起我的诗歌，大都会提到它。我想，一定是这首诗所写的西部农民的生存状态打动了读者，或者是这首诗在一定程度上触动了人类共同情感的某一根弦。

这些年来，我一直致力于西部乡土诗的写作，是因为我深深地知道：中国西部是人类的一片高地，那是需要诗歌仰视的一片土地。在那里，艰难挣扎中的生命有它的庄严和高贵。我不需要任何先验的美学观念的遮蔽，我只关心那片土地和那片土地上长出来的一切。我不管面对我诗歌的读者有没有乡村生活经验，也不管读者具有什么样的文化背景，我只是真诚地告诉他们这片土地上的生命感受。我希望我的诗离生命的本源近点儿，再近点儿。我渴望有一天能写出里尔克所说的那样的一首好诗来。

『附诗』

饮驴

走吧我的毛驴
咱家里没水
但不能把你渴死

村外的那条小河
能苦死蛤蟆
可那毕竟是水啊

趟①过这厚厚的黄土
你去喝一口吧
再苦　也别吐出来

———————

① 原诗如此。"趟"旧同"蹚"。

生在个苦字上
你就得忍着点
忍住这一个个十年九旱

至于你仰天大吼
我不会怪你
我早都想这么吼一声了

只是天上没水
再吼　也无非是
吼出自己的眼泪

好在满肚子的苦水
也长力气
喝完了　我们还去种田

作者简介：

　　牛庆国，甘肃会宁人，中国作家协会会员、甘肃省作家协会副主席，曾获《诗刊》社第四届华文青年诗人奖、《诗刊》社新世纪十佳青年诗人、甘肃省敦煌文艺奖一等奖等奖项，作品入选《大学语文》等多种选本。出版诗集《热爱的方式》《字纸》《我把你的名字写在诗里》等。现居兰州。

父亲墓前

——关于《祭父稿，第二首》的写作背景

王夫刚

1

每个人都有父亲——当然，这几乎是一句多余的话。对于诗人来说，这句话的要义并非提醒我们每个人都有父亲，它另有所指：古往今来，父亲的问题不只是父亲的问题，而是人类文明生生不息的构成、见证和演义，我们需要写出跟父亲有关的诗篇，用以完成与时光的轮回对话和向命运致敬的责任。我于 2002 年晋升为父亲级别的长辈，而我的父亲，一个见过一些世面的山东农民，在罹患食管肿瘤一年多以后，于 2008 年 4 月 14 日（农历三月初九）痛苦离世，享年 68 岁。自此，我在父亲面前变成了我在父亲墓前，我与父亲的交谈变成了我献给父亲的怀念，我后来写到诗中的句子则是：春天之后，还有另一个春天／他走之后，我沦为半个孤儿。

2

　　食管肿瘤是一种语言上带有一点善意和欺瞒性的说法，在我的老家，它被直接称为食道癌。这个病除了癌细胞的无限增殖之外，最明显的症状就是让患者食管渐渐淤塞，直至失去吞咽功能，成为身体中废弃的河道，使吃喝拉撒睡的前两项从人生的享受演变为生活的致命障碍。粮食就在眼前，水井一如既往，但我的父亲只有一个选择：吃不下，喝不下，日渐消瘦，最终在饥饿中被死神收留。父亲的病情确诊后，我即刻面临一道选择题：手术，还是保守治疗？医院的大夫告诉我，手术，就是把食管已经癌变的部分切除，初期患者可以通过提胃的方式缝合食管，晚期患者则需要用一个塑料管之类的东西替代被切除的癌变食管。医院的大夫是我的朋友的朋友，出于间接的友情，他暧昧透露，这种晚期患者的术后生活几乎就是过去经常说起的家破人亡的辛酸史。不幸的是，我的父亲正是这样一个晚期患者。保守治疗，则是手术之外的维持手段，医院的大夫给出的首选方案是，一边放疗，一边吃一种火力甚猛价格不菲的进口药片——像所有抗肿瘤药物一样，扼杀癌细胞的同时也屠戮健康的细胞，其良莠不分的副作用直接决定了疗效的退化过程，时间大约是半年到一年。

3

　　经过艰难权衡，我替父亲做出了保守治疗的决定。对此，母亲给予充分理解，我唯一的弟弟两年前横遭车祸（母亲一度认定弟弟的事情诱发了我父亲的疾病），我唯一的妹妹已嫁到青岛郊区，母亲知道，不管哪种方式，父亲的医疗费用都将由我独自承担。但我认为，我并非主要基于医疗费用的考虑，而是依据父亲的具体病情——爱不仅仅是一腔热情或者着急上火——所做出的冷静合理的选择，除了母亲，不会再有谁愿意像我这样、必须像我这样直面我的父亲，父亲则藏起了他"大于船坞的忧虑"，几乎不再发表意见。之后的过程，和其他肿瘤患者的保守治疗大同小异。按照父亲的意愿，他被从济南送回五莲老家，母亲担起早期护理的职责，我加快了往返济南和五莲的频率——生活还得继续，在死亡的通知正式收到之前。每次和父亲坐到一起，我都会明显感觉到一种看得见的绝望倒计时般悬在头上，唉，有些事就是这样，不来则已，一来就是要命的，现实的局限、人性的复杂以及情感的矛盾也借此经历着一言难尽的蜕变：父亲弥留之际，我握着他的手，耳边萦回着他下意识的呻吟，内心居然闪过一丝不孝子般的念头——请即刻结束吧，如此无助的痛苦，如此无奈的煎熬，如此束手无策的诀别！

4

　　一样的生，一样的死，一样的悲伤贯穿怀念。父亲生前喜欢喝酒抽烟，父亲去世后，我偶尔会去他的墓前一坐，像那首著名的日本歌曲所唱的——家兄酷似老父亲，一对沉默寡言人。我们其实也没什么话要说。父亲去世了，仍然比我更熟悉这个村庄；而我出门在外的20年经历，即便父亲生前也很少听我说起过。子曰：父在，观其志；父没，观其行。

为了与父亲保持某种形式主义的联系，我决定冒着一家人的反对学习抽烟；为了证明我拥有村里人极少具备的思念方式，我决定写一首题为《祭父稿》的诗献给父亲，在他去世一周年的时候。我用了大概两百行左右的篇幅回忆了父亲的一生以及我对他的理解和敬意，并且给了他的名讳一个必要的位置：王保群（民国二十九年——二〇〇八年）。这首诗收入了我去年出版的长诗选集《斯世同怀》，就文本质量而言，我对这首诗还算满意；就私人情感而言，我认为这首诗于我是重要的。

5

言归正传，下面谈谈我写给父亲的第二首诗：《祭父稿，第二首》。严格地说，这是写给父亲的第二首怀念之诗，因为我的第一本诗集《诗，或者歌》已有《我爱父亲》之类的诗篇了，而那本诗集的出版时间是20世纪90年代初期。《祭父稿，第二首》写于2012年，此时距离父亲离世已有4年之久，时光完全抚平了父亲离世所产生的家庭震荡。这年夏天，我照例带着放暑假的儿子回老家居住，照例带着儿子去父亲墓前烧纸，顺便跟儿子谈一谈生老病死的哲学。因为草木葳蕤，父亲的坟墓在感觉上比冬日低了很多，小了很多，不管乡村绿色如何笼罩，林间蝉鸣多么热情，墓地的主题总是静穆和淡淡的忧伤。到了深夜，我忽然出现少有的失眠，只好在院子里顶着星空喝茶，抽烟，走来走去，有一瞬间，我感觉父亲还坐在他生前坐过的那个位置，抽着我从济南给他带回来的将军牌香烟，依旧月光如水，依旧父子无言。之后我想了很多——关于生活，关于命运，关于亲人，关于死亡和历史，我回到房间，打开电脑，一字一句地敲下了这首《祭父稿，第二首》，而窗子外面，如期而至的黎明取代了黎明前鸡的歌唱。

6

我当然不会简单地把《祭父稿，第二首》的诞生归结为父亲的隐形提醒，事实上，那天晚上父亲出现肯定是我的一个幻觉。但潜意识里，我似乎也不强烈反对灵感这个说法了，这在我年轻时是不可能的事情。《祭父稿，第二首》的情绪和节奏跟《祭父稿》大同小异，只不过前者侧重于抒情（局部怀念的首选特色），后者则强调了叙事的必要性（需要勾勒出父亲的一生）；在文本的具体呈现上，这首诗出现了分段，每段均为五行，而且每段均以"父亲去世三年之后"起句——这传统的中规中矩的文本形式其实与我睽违已久；至于语言的智趣追求，一如既往地传达了我对幽默的适度尝试，比如，"天堂也有电信局／为什么不提醒他带走生前用过的电话？"。比如，"父亲去世三年之后，山河依旧。／卡扎菲领取了比萨达姆还要羞辱的结局"。我始终忘不掉父亲当年和我谈论萨达姆的情景，如果他活到这一年，应该也会跟我谈论一番卡扎菲的命运——这个清瘦的倔强的善良的乡村老头，其实身体里装满了五莲山区固有的苦中作乐、意会言传的生存文化传承，在这里，懂得含泪的笑才不至于枉费人生。三四百年前，村子里的诗人就写过"荒碑无篆迹，山亦解亡秦"和"囊空休自涩，随意贮山川"这样的诗句，而在《祝寿侧记》、《乡村来电》、《婚姻后遗症》和《被遗忘的乡村车展》等诸多篇什中，我也曾感同身受地记述过这个鲁东南村庄的非虚构生活、非虚构记忆和非虚构哲学。顺便说一句，在写作中我属于斟酌派，很多未定稿往往被我折磨得面目全非甚至不知所终，但《祭父稿，第二首》和写于 10 年前的《暴动之诗》是个例外，它们几乎没有另行修订。

7

2012 年冬天，第 21 届柔刚诗歌奖开始征集参选作品，怀着意在参与的心情，我把这首诗和另一首有关父亲但无关我父亲的诗《父子恩仇录》——来自诗人蓝野给我讲述的一个莒县乡村传奇，发到了柔刚诗歌奖的电子信箱。2013 年春天，诗人、评委会主任黄梵先生从南京打来电话，通知我获得了第 21 届柔刚诗歌奖，他说："从本届开始，柔刚诗歌奖采取双向匿名评选机制，《祭父稿，第二首》和《父子恩仇录》能够单一依赖文本而胜出，我唯有祝贺。"接完黄梵的电话，我的第一反应是给父亲打个电话，与他一起分享这诗歌馈赠的喜悦和道理——假如天堂也有电信局的话。而在这首诗之后，我知道，尽管我的梦依旧由父亲那里出发抵达光阴，但来自生活的崭新教育已有不出所料的安排，我对父亲的怀念终将进入漫长的灰烬渐凉般的沉寂时期。

2015 年 11 月，济南舜耕路

『附诗』

祭父稿，第二首

父亲去世三年之后，我迈入中年门槛。
四十不惑，曾经多么遥远的目标
就这样悄无声息地
来到眼前：我的儿子顺利升入小学四年级
诗歌的春天，依旧蒙着一层薄霜。

父亲去世三年之后，每年的三月
我不必再专程返回山脚下的村庄为他烧纸
燃放鞭炮。除了春节和中秋节
这些惯性节日，我的怀念
允许越过形式主义在他的坟前小坐一会。

父亲去世三年之后，我为之后悔的事情
似乎比以往多了起来——

为什么没有帮助他为早逝的父母
立一块给生者阅读的墓碑？天堂也有电信局
为什么不提醒他带走生前用过的电话？

父亲去世三年之后，我学会了抽烟
为了与他保持某种爱好上的联系。
父亲去世三年之后，我成了真正的父亲
（一个与传统有关的说法）
在他坟前焚烧诗集不是为了让他阅读。

父亲去世三年之后，山河依旧。
卡扎菲领取了比萨达姆还要羞辱的结局。
我还生活在城市一角，我的土地
还由别人耕种：替父亲活着
活下去，我的梦还由父亲那里出发抵达光阴。

作者简介:

　　王夫刚,诗人,1969 年 12 月 26 日生于山东五莲,现居济南。著有诗集《粥中的愤怒》《正午偏后》《斯世同怀》和诗文集《落日条款》《愿诗歌与我们的灵魂朝夕相遇》等。曾参加第 19 届青春诗会。获得齐鲁文学奖、华文青年诗人奖、柔刚诗歌奖、阮章竞诗歌奖和《十月》年度诗歌奖等奖项。中国作家协会会员,首都师范大学驻校诗人,山东省作家协会签约作家,山东省农业管理干部学院客座教授。

天空中飘着红色的雪

——浅谈诗歌《堆父亲》的诞生

王单单

于我而言，每次谈到《堆父亲》这首诗歌，都是一次灵魂的罹难，但我不会就此轻易放过自己，并坚信只有钻心的痛才能缩短阴阳之间的距离。时光回溯，我似乎又在内心深处绑押自己回到 2012 年那个寒风悲号的漫漫冬夜。

我的父亲是个身强力壮的乡下男人，平日里少有伤风感冒，却在一次掰玉米的劳作中突然晕厥。接到母亲电话，我火速从教书的地方赶回家，将父亲送往医院检查。可是检查报告却如晴天霹雳，将我轰倒在医院的走廊里：我的父亲身患绝症——肝癌晚期。接下来的日子，我天天以泪洗面，陪在父亲身边等待死神的来临。历经病魔数月的蹂躏与折磨，我的父亲瘦得皮包骨头，像一个松散的麻袋装着一堆锈铁。父亲弥留之际，是我亲手将他从床上抱进堂屋，在他面前点燃纸钱，火焰照亮他那张诀别人间的脸，照亮他眼角那滴不曾带进天堂的泪水。我在黉夜点燃报丧的炮仗，乡亲们闻声踏雪而来，与我一道搭棚埋灶，背土葬父。

少时的我在父亲的庇护下成长，16岁离家求学，大学毕业后又去了外地工作，闲暇纵酒寻欢，没心没肺地活着，根本想不到死亡就蛰伏在我身边，趁我毫无防备时突然将父亲从我的生活中抽走。那时我才如梦方醒，呼天抢地，声嘶力竭地要让他回来，但是一切已成定数。很长一段时间，我把自己关在书房里，涓滴不漏地去记忆深处，刨出那些关于父亲的点滴，固执地将它们重新拼凑、组装，试图还原父亲生前的样子。子欲孝而亲不待啊，自己关于父亲的记忆是那么的模糊，陪在他身边的时间是那么的少，自责与内疚长期充斥着我的内心，总觉得自己是个有罪之人。

一年后，我渐渐从丧父的悲伤中走出来，对父亲的怀念少了之前的内疚和自责，这种怀念变得更加温暖和纯粹了。父亲周年祭那天，天空照样飘着雪，我靠在窗边，看着无人的旷野中孩子们留下的雪人，一时把它和父亲的形象联系在一起，瞬间就写下《堆父亲》这首诗歌。但这绝不是"偶得"，这首诗歌的完成对我来说至少有过上百次的腹稿，它最后以这样的形式和内容存在，是因为它高度吻合了我所需要呈现的人物形象和真实情感。诗歌最后一句，"我怕看见／大风吹散他时／天空中飘着红色的雪"，是"雪"而不是"血"，但二者谐音，一种视觉的冲击力加强了内心撕裂的疼痛感，从而将诗歌本身没有说出的部分升华到极致。

现代诗的写作中，"零度"抒情的力量远远大于抒情本身，就像没有眼泪的哭泣比哭泣本身更能产生情感的冲击力一样，我喜欢不动声色地倾诉。但写诗是身体内部的劳动，真实是它最宝贵的品质。如果诗人内心丰沛的情感得不到时间的过滤与沉淀，如果我们急于表达，那么这种情感就有可能走向偏激的层面从而丧失它的真实性。新诗百年，口语的出现将新诗的呈现导向更为开阔的地带，这得归功于口语本身直接、及物、身体性强的特质，但是口语诗歌写作的流弊是容易滑向口水诗，防止这种可能的产生需要诗人与生俱来的语言感觉和诗歌语言训练的共同作用。一首好诗应该是多棱的、立体的，诗歌的内涵与外延之间的衔接必须高度紧密，有时候独特的想象力能为好诗的最终呈现贡献出画龙点睛的作用。我遵从自身诗歌写作的语言自觉，《堆父亲》这首诗歌在诞生之时，自然沿用了以上所述的写作经验。

同时，我觉得选取个人经验入诗应具有标新立异的角度，这种角度的选取离不开诗人对生活切实的感受和细心的观察。诗歌中的个人经验就像一幅画中鸟的骨架，需要语言的力量为其渲染出纤长的羽毛，这只鸟才能拥有飞翔的动感和轻盈的姿势。

『附诗』

堆父亲

流水的骨骼，雨的肉身
整个冬天，我都在
照着父亲生前的样子
堆一个雪人
堆他的心，堆他的肝
堆他融化之前苦不堪言的一生
如果，我能堆出他的
卑贱、胆怯，以及命中的劫数
我的父亲，他就能复活
并会伸出残损的手
归还我淌过的泪水
但是，我已经没有力气
再痛一回。我怕看见
大风吹散他时
天空中飘着红色的雪

作者简介：

　　王单单，原名王丹，生于 1982 年，云南镇雄人，曾在边远山区乡村中学任教七年，现工作于县文体局。中国作家协会会员。有诗歌若干发表于《人民文学》《诗刊》《诗选刊》等，并入选多种年度选本。曾获云南省作协第二届《百家》文学奖、2013 年度《边疆文学》新锐奖、首届《人民文学》新人奖、2014《诗刊》年度青年诗人奖、2015 华文青年诗人奖、首届桃花潭国际诗歌艺术节中国新锐诗人奖等。参加《诗刊》社第 28 届青春诗会。诗集《山冈诗稿》入选"中国好诗第一季"。

我想写一种声音

邓朝晖

看看写作日期，这首诗写于两年前的春天，记得当时写过后的心情，感觉不太好，情感不浓烈，闷闷的。没有细看，就放下了。

一年之后，这首诗被敬文东等几位老师提起，说很不错，挺喜欢。再过一年之后，组诗《沅江词》获得第五届红高粱诗歌奖，这首诗是《沅江词》中的第一首，在颁奖晚会上朗诵。朗诵者声音低沉，一种老迈无力的沧桑打动了我。

会后，那位朗诵者找到我，说接到朗诵的任务后，她反复研读这首诗，并找到诗中提到的地名，了解当地的民俗文化。并问我，这首诗你是怎么想出来的，每一句代表了你的什么想法？

我被她的认真所感动，朗读一首诗能够做到这样，真的很不容易了。但是我无法回答她的问题。每一句是怎么出来的，至今仍觉得非常模糊，至于每一句代表我的什么想法，更是混沌一片。

"我想写一种声音。在十几年前，我听到高密茂腔和火车的声音时就感觉茂腔这种戏和火车开动的声音最终会在我的内心成长为一部小说……"这是无意中看到大师莫言写的一段话，当时看了心里一震。是的，声音，他听到了茂腔的声音，火车的声音，我听到的是河水的声音，它流得急促，撩拨我、催促我写下这首诗。

那是一个下着小雨的春日，波洲说是水乡，也不过是一个小岛，没什么特别可看的，不是古村，没有江南水乡的精巧雅致。在村子里逛了一圈后，等渡船回去，到一个据说有几百年历史的古桥。古桥虽然老，但接近于破烂，灰扑扑的。再到桥边镇上寻找老房子。镇上的房子有两种：一种已经翻新了，成了小洋楼；一种旧得不能住人，歪歪斜斜的，几欲倒塌。这是中国南方一个很寻常的小镇子，还没有工业化的小镇，却离古镇的美还有一段距离，它灰头土脸，未施粉黛，又没有天生的丽质，让人过目即忘。

然而这个地方很可能就是古夜郎国。我在夜郎国逛荡了一两天，看过了疯长的一树桃花，淋着细雨在天后宫前徘徊，每一顿都必点野芹菜吃，还喝到了最香的红糖糯米甜酒。但是，我仍然心里抑郁，就如这三月的天，要雨不雨，要晴不晴。

在城市，在中年，每个人都过得不易。上班，剪不断理还乱的工作，说错的话做错的事一直如鲠在喉原谅不了自己。孩子的健康、成绩、名次、升学，父亲住院母亲住院，自己的身体也每况愈下。应酬，不得不喝的酒，醉了却还是要醒来。更甚的是，子欲养而亲不待，亲人遭遇重症，眼睁睁看着命运的手一步步拉走他。参加葬礼的次数越来越多，朋友的父母，接着是朋友，昨天还在身边的同事……在这些事情的包围下，人变得麻木、冷静，没有期待没有激情，一梦醒来，看到外面灰蒙蒙的天，一个毫无悬念的早晨，又一天即将开始，觉得疲惫、没有意义……

你是不是常常有这样的遭遇或念头，紧张的中年，你是不是连开口的欲望都没有了？是的，有一段时间，在城市里，我写不下什么，也觉得无话可说，甚至于觉得自己的写作已到了尽头，心灵不再湿润柔软，发现不了什么也没有想表达的东西。

看到了潕水河①心情稍稍好点，但也不是情绪飞扬。回来之后，整理照片的时候心里渐渐泛起一阵柔软，这些过往的事物多好啊！它让人衰老，让人千疮百孔仍然坚持存在，它开过的花有毒却艳丽，它留下了岁月的痕迹，也留下了经过的痕迹。真好！我曾经一一经过，即使身体已有增生的骨头，子宫已不如当初完美，即使人到中年仍然一无所有，却坚持默默地存在着，没有放弃，为一些需要我的人，为那些我还能享受的时光。

那个夜晚，我百感交集，开头之后，接下来的诗句不用思考，像泉水一样源源不断地冒出来，所以我无法解释每一句是什么意思，代表了我的什么思考，它们是那一段日子的厚积薄发。那个夜晚，我好感谢我能作为一名诗歌写作者存在，感谢我还能写，能够表达漫漫人生路上短暂的幸福。这

---

① 诗中的潕水河，指发源于贵州的潕阳河，流入湖南后称沅水。——编者注。

种幸福，不是物质意义上的钱财、升迁或荣誉，仅仅是一种想流泪的感觉，是中年之后还能流泪的感觉。

中年之后，我很少流过泪，那一夜想流泪的感觉陪伴我重新走过一段心路，所有的经过都不重要，重要的是我还能开口说话。

是河水的声音，给了我说话的出口。

『附诗』

潕水河

我只有一副贫穷衰老的身体
沙洲是背上增生的骨殖
桃花是舌尖吐纳的毒瘤
从贵州到湖南三十里
从波洲到夜郎三十里
还要去国怀乡
绵延入芷江，下安江
改道去黔阳
我已老无所有
偏安一隅
坐等梨花开在一个又一个陌上
还要着小袄春衫
看秋龄恰好
赴一场物是人非的合拢宴

人面兽一头罩上地狱的面具
一脚浮云过天堂
这沿江而生的植物
浮萍、睡莲坐在自己的子宫里
有一半开合也是前世修来
野芹菜芳香低矮
桑葚果困顿如母亲

我已经老无所有
凸面落麦芒，凹面停针尖
夜郎国度春风十里
容我不动声色慢慢地返回

作者简介：

　　邓朝晖，女，20 世纪 70 年代出生。中国作家协会会员，曾就读于鲁迅文学院高研班。诗歌 500 余首散见于《诗刊》《新华文摘》《人民文学》《星星》等海内外数十家刊物，入选数十个年度选本。散文发表于《文艺报》《山花》《黄河文学》《湖南文学》《延河》《文学港》等刊物并常被转载。曾参加《诗刊》社 23 届青春诗会，获 27 届湖南省青年文学奖，第五届红高粱诗歌奖。

我与世界的亲近和隔膜

冯娜

初春时分，与母亲坐车去探望一个远房亲戚。客车沿着金沙江岸的山崖蜿蜒盘桓，山坳里潮湿阴凉，早晨的风吹来，像那些还没开尽的梅花落在残雪上，凉飕飕地让人缩紧脖子。而向阳迎风的山脊，杜鹃红艳，偶有村庄里的桃花已经探头探脑。一路上，起起伏伏，一层山一村人，梅花的白，桃花的红交替出现，而山脉像无止息一样延伸，车在它的身体里漫游，人在它的肺部穿行，仿佛皮肤上也能钻出花朵的幽香。把手伸出窗外，风温润地流淌过来抚摩你，对于天地，一时便有了无比想要亲近和融和的念想，长途的颠簸也要希望它慢一些，再慢一些。

中途的小站，我们遇到了另一个亲戚搭车，一位年近60岁的妇人。寒暄过后，她与母亲同坐，攀谈起家长里短。她此去别处是为孙女念书申请宣明会的资助。心伤处她落下泪来：她的女儿、女婿、侄子同时死于当年轰动当地的一场恶性事件，孙女小爱刚上小学已是孤儿。她说小爱哭着，请外婆不要把她送进孤儿院；说起某一日她背着小爱在金沙江边徘徊，甚至动了赴死的念头；说起自己摆的地摊被地痞砸得稀烂；说起女儿含冤不明惨然离世……一个老妪的眼泪沉重地坠向大地，让群山之上的花儿都显得孤伶、凄清。她口中所述的死亡也是我平生亲身经历的最残忍、最血腥的事件，一个人提着一把杀猪刀霎时结果了几个人的性命，抓获凶手时他还提着血淋淋的刀流窜到另一地准备行凶。人性的恶和善都是无法揣测的，这个世界上每一刻都在发生无数的幸与不幸、出生和死亡……我的母亲在倾听里陪出许多的眼泪，而她终究只能远远地慰藉别人的命运。无论我们如何亲近，譬如母亲答应帮她到宣明会找熟人，但对于每个人的命运我们都最终只能成为旁观者——这是人之为人的孤独，还是命定的无常？

车行良久，我们遇上一支迎亲的队伍，花车装点得娇媚好看，引得大家伸出头去张望。云南的冬春之交是传统的婚嫁时令，许多人会结为新人，在他们的命途中交汇。而我们，在旅途中只蜻蜓点水一样与他们相遇，然后各自殊途也不同归，化为那回眸张望时一抹小小的心动或并不会经年的记忆。

小的时候，总是以为一个人渐渐长大，能看到更广阔的世界，记住更多的人和事，与这个世界产生更多的联系。事实也是如此。但在这一过程中，越发感到人所能亲近和真正了解的部分极其有限。这个世界上的万物是无穷无尽的，这个世界上发声与沉默的事情也是无穷无尽的。也许你被其中一些遇见，它们的声音震住了你；有一些被你遇见，它们沉默、啜泣、破碎……当你发现这些沉默不发声的碎片完整着这个世界，你想替它们开口，让人知道，有一些东西正在这样悄然行进、生长、消亡。

于是，我动了将一些在我的天幕中游移的光亮和暗物质写下的念头。而在我用心去体察四时变幻、晴雨不明的天幕时，我常常困惑：这个世界抑或生活本身就充满了那么多的破绽和漏洞，我们要如何才能把一个故事讲述得丝丝入扣？而一首诗呢？它到底能承载多少、说出多少？也许，它只是路旁一树默默开放的小花，它承接我们的眼泪、倾诉、悲欢……它借自己的颜色和花瓣表达内心和命运；它借风声和日光获得外界的审视和观照；它借时光的流转释放灵魂里强烈或轻微的脉动；它因自己的静守和枯荣来完成对生命的探询，对万物的亲近，对世界的谛听、接纳、领首或疑虑……

如是，诗歌就是我与这个世界的亲近和隔膜。我用语言诉说它们，也许我始终无法进入它们的心脏，哪怕进入它们的心脏，可能又会觉得无言处才最心安。

下车的目的地，已绕过了很多重山峦，俯身依然可见鸭绿色的金沙江滚滚东去，我们以为不会停留的却恒久地守候着，只要抬眼便可望见。那么，这个世界上的万物，如果我们愿意，是否亲近一定会大于隔膜？

补记：这篇小文写于 5 年前（2010 年），今日回头重读，感到我对文学的理解以及对文学价值的坚守也许并无多大改变，遂辑录之。也许，我们的写作确实"受雇于一个伟大的记忆"，在这样的记忆当中，我们的写作却必然要超越对个体命运的关注、对过往经验的执着。近年来，我思考越来越多的是我们究竟是面向什么方向写作，我们为什么而写作？——这些问题常常让我陷入更深的沉默。也许只有在漫长的写作和漫长的岁月中，我才可以在那些亲近而非隔膜的时刻回答自己。

『附诗』

信札（其一）

人们总向我提起我的出生地
一个高寒的、山茶花和松林一样多的藏区
它教给我的藏语，我已经忘记
它教给我的高音，至今我还没有唱出
那音色，像坚实的松果一直埋在某处
夏天有麂子
冬天有火塘
当地人狩猎、采蜜、种植耐寒的苦荞
火葬，是我最熟悉的丧礼
我们不过问死神家里的事
也不过问星子落进深坳的事

他们教会我一些技艺，
是为了让我终生不去使用它们

我离开他们
是为了不让他们先离开我
他们还说，人应像火焰一样去爱
是为了灰烬不必复燃

作者简介：

　　冯娜，1985 年生于云南，白族。毕业并任职于中山大学。著有《云上的夜晚》《寻鹤》《一个季节的西藏》等诗文集多部，在多家报刊开设专栏。曾获华文青年诗人奖、奔腾诗歌奖等多种文学奖项。参加《诗刊》社 29 届青春诗会。首都师范大学第十二届驻校诗人。

哑巴也张着嘴放声高唱

北野

小时候，我最好的朋友是个哑巴，他的名字叫聋子。

好像每个村子都有一个聋哑人或一个疯子，他们到处游走，因为另类而逍遥自在。

你可以回避他，可怜他，但不能欺负他。

欺负聋哑人或疯子，被视为不道德，甚至羞耻。

另外，谁也惹不起聋子或疯子。

上天没收了他们的听力、语言和理智系统，却额外给了他们超乎常人的力气、灵气与胆量。疯子在黑夜里移动，既不点灯也不出声，像村庄里的游魂。

聋子看着你的眼睛，便知道你的心里正在想什么。

后来我外出求学，离开了有聋子也有疯子的蒲石村。

遇到的第一个大师，居然是个瞎子。人们说，他就是《荷马史诗》的作者，一个盲人。

而那伟大诗篇《伊利亚特》的开头，居然是讴歌阿基琉斯的发疯：

"女神啊，请歌唱佩琉斯之子阿基琉斯的致命的愤怒……"

再后来，我离开了盛产坟墓与兵马俑的陕西，远走新疆。

传说中的西域三十六国已被风沙掩埋。眼前的 87 个县市和星罗棋布的绿洲村落，隶属于幅员辽阔民族众多的新疆维吾尔自治区。

我以报社记者的身份，开始了在多种宗教、语言和部落之间的穿行。

大约是 1994 年岁末，结束了徒步青藏高原的旅行，我从西藏阿里翻越界山达坂，回到塔里木盆地。在和田绿洲，我见识了那些据说居住在麻札（坟地）里的伊斯兰苏菲派阿希克。

他们衣衫褴褛，晃动着挂满铁环的羚羊角，围坐在篝火旁如痴如醉地歌唱：

"我是破烂王，篝火是我的宝座，窝棚是我的宫殿，世界在我眼里一如废墟……"

人们告诉我，疯疯癫癫的阿希克，就是传说中的"圣痴"，就是中世纪的游吟诗人。

我不能确认。我那狭窄的、单向度的文化视野，还不能帮助我辨认大地上的各类事物。

但是我的心，分明感到了某种撕魂裂魄的震撼。

这种震撼在沙漠对面的另一个绿洲库车得到强化，并最终酿成了一首诗。

这首诗就是我写于1995年2月的《夜听库车民歌》。

库车县位于塔克拉玛干沙漠西北缘龟兹故国的遗址上。库车木卡姆十分有名。

"哑巴也张着嘴放声高唱"就是我在那里的一场乡村木卡姆晚会上看到的。

沙尘滚滚。热泪滚滚。乡村里的男女老少哑巴瞎子海麦斯（全部）滚滚。欢乐与悲伤滚滚。

《夜听库车民歌》后来被林莽先生编入我的第一本诗集《马嚼夜草的声音》，并且被放在整个诗集的首页第一篇，为整本诗集定了调。

刘亮程应该是看到这首诗草稿的第一人。当时他尚未出名，从沙湾来乌鲁木齐看我。

他说这首诗吼出了新疆的悲伤。评论家韩子勇后来用"悲欣交集"概括这首诗。

我也喜欢这首诗。它的引爆点，不是悲伤或欢乐，而是融入其中的瞎子、聋子和哑巴。

他们勾起了我童年时在陕西乡村的原始记忆：

生命的呐喊与诗意的冲动，不仅仅属于那些得天独厚的外表光鲜者和伶牙俐齿者，也属于那些被剥夺、被简化、被忽略、被压抑的兄弟。

2015 年 12 月 1 日星期二，北野写于山东威海

『附诗』

夜听库车民歌

羯皮鼓轻轻点了一下
悲怆的维吾尔男子便像塔里木起伏的沙漠
汹涌着汹涌着
生命中一望无际的干渴

沙它尔①为那悲歌上下盘旋
都它尔②为之一咏三叹
风沙弥漫的嗓子
空阔孤寂的路程
胡大啊
人生为何这般荒凉
谁能把受苦的人直接带进天堂
这就是我们世世代代居住的家园啊
河流通向沙漠

老人通向麻札③

男人的悲伤像夜火照亮了村庄
所有的乐器都加入了合唱
滚滚不息的热泪
对着天上的安拉流淌

沙巴侬④甩得叮当响
颤抖的乐手闭着眼摇晃
石头也被敲起来
哑巴也张着嘴放声高唱

唉，过路的人啊
停下你的脚步好好想一想
人的一生竟是如此难熬
喊破了嗓子也驱不尽荒凉

1995. 2

注：①维吾尔族乐器。
　　②维吾尔族乐器。
　　③维吾尔语，意为坟地。
　　④维吾尔族乐器。

作者简介：

　　北野，诗人，书法家。中国作家协会会员，山东大学（威海）书法研究院研究员。生于陕西，长于新疆，现居山东威海。著有《马嚼夜草的声音》等诗文集 6 部。曾获首届天山文艺奖（2003 年）和第二届华文青年诗人奖（2004 年）。

要在冬季里慢慢完成他们的生活
——我写《草民》

　　《草民》这首诗，写的是真人真事，诗中的主人公，是我小学的同学，我们同属一个村民委员会管辖，我的那个小村庄距他的那个小村庄不到两公里路程。他父亲是我们当地少有的文化人，古书读了不少，写得一手好字，当地人都喊他"陈秀才"。因为他们家是地主成分，所以一直不得志，一直过着穷困不堪的生活。

　　也许是我们两个家庭都非常穷的缘故，我们俩那时候玩得特别好，我曾经还去他家里串过门。他家里有兄妹四个，他是老大，他底下还有三个妹妹。那时他奶奶刚刚去世不久，门口还贴着白纸写的挽联。听他说他奶奶是受不了每天公社大队的批斗，跑到后山的树上吊死的。因为那个时候正是"文化大革命"后期，各地还在抓阶级斗争，经常开批斗会。只要开批斗会，就要把四类分子、地主富农、反革命等抓到现场示众，挂牌在大街上游行，许多人受不了这种长年的批斗，自寻了短见，我这位同学的奶奶就是其中的一位。当时，我家在当地来说应该是最穷的人家了，我看了他家，感觉他家里比我家里也强不了多少，就两间麦草覆盖的平房，建在山坡上。他瘦骨嶙峋的父亲当时脚上穿着一双草鞋，肩上扛着犁铧，刚从田野里回来，他长年患病的母亲躺在床上。

再次见到他，是在2001年。那次我回家，正好去他的那个村子找人办事，顺便去看了看他，那时他已经是两个孩子的父亲了，父母亲在10多年前已经先后去世了。他的三个妹妹，有两个小妹妹已远嫁他乡，他的大妹妹，改革开放初期到南方打工，在一次下晚班途中被一辆从后面飞驰而来的汽车碾死了，肇事司机随后逃逸。虽然当地的公安和交警部门经过多方调查、侦察，但还是没有任何结果。他的大妹妹就这样惨死在肇事司机的车轮下，把一条命白白丢在了打工的路上。我到他家时，他家里与20多年前几乎没什么变化，还是那两间土平房，只是房顶上的麦草改成了黑瓦，瓦檐上长出的野草随风摇曳着，房子的四周，杂草丛生。他家里也没有什么像样的家具，唯一的就是多了一台黑白电视机。陪同我的那位朋友告诉我，他的老婆在一年前得病死了。那时，两个孩子坐在门口，一人捧着一碗红薯，大口大口地吃着。我问他儿子："你爸爸呢?"那个大一点的儿子往后山坡上一指："爸爸到菜地去了。"我与朋友顺着他儿子所指的方向寻了去，找到了他，他头上戴着一顶破旧的草帽，正在菜地里栽种白菜。这次见面，他完全变成了另外一个人，身上穿着很破旧的衣裳，满面沧桑，脸上、额头上还沾满了泥土和草屑，头发几乎白了一半，30多岁的人，看上去像有50多岁的年龄。少年的伙伴，再次相见，他已经认不出我了。当朋友介绍我时，他一把抱住了我，眼泪哗哗地流了出来。他激动地说，没想到我们这辈子还能相见。我们又寒暄了半天，他说要领我到他家里吃饭，我说我已经去家里看过了，另外我还有事，因为没有特意准备，从荷包里摸出 1 000 块钱塞进他的口袋，就匆匆地走了。

回到武汉后，我这位老同学的身影还时刻在我脑海里闪现。我想，比起他来，我实在是太幸运了，如果不是诗歌拯救了我，当初如果不写诗，我怎么也不可能有今天，可能就像我的这位老同学一样，在农村守着几亩田，守着贫穷，守着一个破烂的家，煎熬我苦难的人生。这时候，我开始有了为他写一首诗的想法。

夜里，我躺在床上，翻来覆去睡不着，没想到我的这位老同学命运如此不济，他的命运跟他家房前屋后那些衰败荒凉的草，又有什么区别？他就是一棵草，是地地道道的草民，于是，我半夜从床上爬起，写下了这首《草民》的后两节。这首诗当初写起来时，自己感觉还不错，寄给一家刊物（我记不清是哪家刊物了），很快就发表了。还有不少朋友评价说，这首诗有真情实感，细节很感人。过后我再也没有去管它了。

时间又过去了 10 年。一次，10 年前陪同我的那位朋友来武汉看我，我们聊着聊着，就聊到了我的这位老同学，我问，他现在过得怎么样？朋友很悲伤地对我说，很不幸，他在两年前就去世了。我听了之后，心里一阵剧烈的疼痛。朋友说，他在去世前的几个月，总是感觉腹内疼痛，到医院检查，已经是肝癌晚期，回家 3 个月就死了。

　　那天夜里，我又是一夜不眠，为我老同学的苦难人生和悲惨命运而伤悲，也自责这么多年没有再回去看看他。其实，这些年，我每年都要回去一次两次的，至少清明节祭祖是一定要回去的，因为每次都是拖家带口，加上时间仓促，也没有去看他。想到这里，心里就充满了自责。这时，我又想到了写给他的那首《草民》，于是，我从电脑中把这首诗调了出来。一边读，记忆中一边翻阅那天去他家的情形，感觉自己写得还不够，既然写的是草民，关键要在"草"字上多费些笔墨，还可以写得更丰富些。这样说来，《草民》这首诗还是有缺憾的。于是我继续不断地翻阅记忆，想到他家房前屋后和他菜地里的那些枯黄的草，想到他以前住的草房，他父亲穿的草鞋，那天他头上戴的草帽和他家门前的草垛等等，感觉他变成了一棵棵草，就站在我的面前，感觉是千千万万个陈同学站在我的面前，也是千千万万个草民站在我的面前，这时，我的头脑里突然蹦出一句诗：草民，草一样的人民。我说，有了。于是我顺着这个思路，一口气写下了这首《草民》的前面两节。然后对后面的两节稍做了一点修改，就成了现在的《草民》。《草民》也可以算是我献给那位老同学的一篇祭文，将作为我对他永久的怀念。

『附诗』

草 民

草民。草一样的人民
比一棵草更卑微更弱小的人民
燕麦草、狗尾草、苜蓿草、三棱草
稗草、稻草、芦苇草、马齿苋草
鱼腥草、鬼针草、伤心草、苦难草
你属于哪一类，哪一株
最接近枯黄的那一株是你么
最倒霉被冰雪压倒又被牛蹄子
踩进泥泞中的那一株是你么

草民。草一样无声无息的贫苦
的农民。在小小村庄的灯盏下住着
依附于一株草或一些草
而活着。住草房，穿草鞋，戴草帽

种草、薅草、捆草、挑草
用稻草搓草绳，给猪割草，给牛喂草
给羊圈添草，给床铺铺草，往
灶膛里填进去许多或干或湿的柴草

风吹草低。他被风吹向更低处
低于半亩禾田。山坳里的草屋
风轻轻地就掀开了一扇门扉
泥巴筑的墙，麦草盖的房顶
他的家像在麦壳里躺着。两个还
很小的儿子，坐在门口
大碗里装的红薯、土豆
或许是在催着他的儿子迅速地成长

一年前他的老婆得病死了
盖房子的钱买了他老婆的棺材
村子里的人都搬了。他还是
住着这间草屋。我见到他时
他正在后山的那片斜坡上
孤零零地弯腰刨地。秋天刚过
菜地里的辣椒秆子，被砍掉了
改种白菜。他带着两个儿子
要在冬季里慢慢完成他们的生活

作者简介：

　　田禾，20 世纪 60 年代出生于湖北大冶农村。1982 年开始诗歌创作，已出版诗集《大风口》《喊故乡》《野葵花》《在回家的路上》《乡野》和日文诗集《田禾诗选》、韩文诗集《起风了》等 13 部。诗歌被选入 300 多种全国重要选本和人民教育出版社、北京师范大学出版社等编辑出版的 6 种大学语文教材。曾获第四届鲁迅文学奖、《诗刊》第三届华文青年诗人奖、中国诗歌学会首届徐志摩诗歌奖、《十月》诗歌奖、首届《扬子江诗刊》诗歌奖、首届刘章诗歌奖、《芳草》双年十佳诗人、湖北文学奖、湖北省政府屈原文艺奖等 30 多项诗歌奖项。系中国作家协会会员，现任湖北省作家协会副主席、专业作家。

《黄叶村的雪》的写作经过

刘年

1

"纵有千年铁门槛，终须一个土馒头。"

香山真像个雪白的馒头。

2

对我来说，曹雪芹是神一样的存在。

他对女人的态度、对自由的态度、对生命的态度、对文学的态度，都是我所效仿的。小雪那天，大雪纷飞，到黄叶村拜谒，没带祭品，我准备给曹公写首诗。诗人，最好最真的礼物，自然是诗歌，我打算写的题目是《小雪日大雪天到黄叶村谒曹雪芹》。

门锁了，又没地方可坐，在石井边立了一会儿。

我想，应该把纪念馆，改成庙。

3

长歌，是不能当哭的。

曾经很遗憾，为什么祭晴雯，贾宝玉写了那么一篇才情洋溢的祭文，而祭林黛玉，却一个字也没有。后来才理解，有些事，有些人，只有一场痛哭才能表达。哭，是人类表达感情最重要的方式。所以，人生第一件事和最后一件事，往往都是哭。

所以，我的诗歌第一句就想写这事。

"晴雯死，有篇长长的祭文，黛玉死，一个字也没有/有的人，有的事，惟一哭而已。"

诗歌的语言，省去了后面的议论。

4

"落得个白茫茫大地真干净。"

没有金簪，找了根树枝，学着龄官，在地上写下了这几个字。

《红楼梦》14 支曲子，是非常好的命运组诗。其中最好的，我认为是结尾曲《收尾·食尽鸟投林》。尤其最后这一句，化腐朽为神奇，写尽了人生和世事。

这句诗用现代诗翻译一下，就是我诗歌中的第二句。

"与白发的白，白骨的白，空白的白一样/白雪的白也是生命的底色。"

5

喜欢雪落在身上的感觉，我把棉帽揭开，漫无目的地穿行。

像走在人生的尽头，感慨唏嘘，雪一会儿就落满了头和肩，有些还落进脖子里。

文学作品中，影响我至深的两个场景都是在大雪中。一个是林冲风雪山神庙，一个是贾宝玉在毗陵驿雪岸上向他父亲那遥遥的一拜。突然想到，这两个毫不相干的人，其实有惊人的相似之处，他们都历经了世间的沧桑，他们都看透人世的炎凉，他们都失去了最爱的人，他们都在反抗，只不过方式不同而已。

于是我写了第三段的第一句"贾宝玉与林冲，其实是同一个人"。

6

女儿在堆雪人，母亲替她打伞。

雪地里，大红的棉衣真好看。

雪人和真人也有惊人的相似之处。雪是由泪水构成的，天晴后，泪水流尽了，雪人便不存在了。人也是由泪水构成的，泪水流尽了，人生也差不多完结了。可母女二人很快乐，一点没有意识到这些人生无法避免的悲剧性本质，她们也没有必要意识到，只有痴人才会这么痴想。那个雪人，真的和我很像。矮矮的，胖胖的，小眼睛，没有脖子，也没有伴。

这便有了第三段的第二句。只不过，我把"痴"字改成了"呆"字。

"小女孩用塑料铲堆的，与在高处呆呆地看的，也是同一个人。"

7

黄叶村被改造成了北京植物园，大多数植物都挂着写着名字的木牌。

我在诗中，还写了如果是我，会把水边的菖蒲写成秦可卿，水上的干枯的仿佛在挣扎的荷茎，写上林黛玉，偶尔落叶的金黄的银杏，写上妙玉。

后来——删去，只留下 6 句。娜夜说过，诗歌最忌自我遮蔽，自我消解。

8

好诗是通神的，我知道自己无法控制它。

经常写一些很平庸的作品，经常反复地修改。

诗和文都发出去了，心里还不安稳，这是要改诗的预兆。请教一个读者，他看了看，说结句有些不明白。于是，我立刻知道了，这首诗的创作犯了一个忌讳，想让诗歌承载太多的东西，而违背我一直坚持的"自然而然，好读好懂"的原则。于是推倒重来，情绪还是原来的，但模样完全变了。这个读者素来喜欢我的散文胜过诗歌。这次看了我改后的诗，他理解了我为什么喜欢写诗胜过散文，也理解了我说过的"诗歌是人间的药"的观点——"你写散文像是上山采药材，虽然抓的都是好药，也能治病，但你写诗就像炼丹，那是救人命的或者说是长生不老的药。"

这首诗，花了 6 天时间。写完后，虽然已是深夜，我依然很快乐。

诗歌治好了我被悲剧的人生哲学深度感染的忧郁症。

9

第七天早上，阳光鲜艳。

惦记起黄叶村里的那个雪人。

——早死了吧？

那种悲剧感，又袭上来。

『附诗』

黄叶村的雪

1

与白发的白，白骨的白，空白的白一样
白雪的白，也是生命的底色

雪，越下越紧，不能再往前走了
林冲，就是这样走失在风雪里的

2

小女孩说是在堆雪人，总感觉是在为我塑像
一样的矮胖和小眼睛，一样的害怕温暖

雪，越来越大，仿佛要掩埋人间

卧佛寺传来警钟

不能再往前走了。贾宝玉就是这样走失在风雪里的

作者简介：

　　刘年，本名刘代福，湘西永顺人。喜欢落日、荒原和雪。
出有诗集《为何生命苍凉如水》。

草坪乡的油菜花

刘春

草坪乡的冠岩风景区，在桂林可谓家喻户晓，往来游客游览过后也常竖起大拇指。而我蛰居城里近10年，总以为熟悉的地方没有风景，所以看着身边的朋友外地的客人一群接一群地往乡下跑，仍岿然不动，且有一种不追风赶潮的自得。年关刚过，在烟酒与客套话中劳碌的身心需要放松。有朋友说去草坪开文学笔会，问是否有兴趣一同去走走。我问回来后要写宣传稿吗？我是记者，担心这个。朋友说不要求，我就有些心动了。

汽车从市中心出发。一路上，作家、教授们高谈阔论，开些无伤大雅的荤玩笑，一不留神，就到了乡政府。我突发奇想：如果将路上的几个笑话折算成长度，那么恰好是30里那么长吧。可是，就是这区区30里路程，也需要一个接一个的荤笑话来维持，现代人浮躁到了何等程度！下得车来，面对大好河山，我长长地呼出腹中的闷气。

乡里建筑小巧，街道干净，旅游工艺品商店一间挨一间，可见这个景区的热度。步行到漓江边，一条笔直的水泥路直通大山。朋友说这路的尽头就是岩洞的出口。我很纳闷：那么入口呢？入口在江边，要坐船才能进去，朋友说。真是别出心裁。而我很快就把目光从水泥路的尽头和云深不知处的入口收了回来——左边的田野上，是满地黄得发亮的油菜花。漓江对岸，也是一片铺天盖地的金黄。它们密密麻麻，一棵挨着一棵，每一棵都有着一张灿烂的笑脸，让你想起母亲和情人。清风拂过，它们轻轻摆动，唱无声的歌谣。我不想走了，甚至不想继续游览冠岩和乡吧岛的美景，此行的目的已经达到，我看到了美与自然。

但游船还是把我们带上了乡吧岛。三个小时后，我们的脚步把身体引进了神奇的冠岩。洞中金碧辉煌，无疑也是美，但我总觉得自己对这天地造化和鬼斧神工赞叹得不够投入，心里泛起的是油菜花单薄的身子。或许，相对于坚硬而永恒的岩石，柔软而生命短暂的油菜花更能够激起我内心的爱怜。一朵花的短暂与一块石头的永恒，在草坪，这个离城市只有30里的小镇令人心动地结合在了一起。春到草坪的人们有福了，这里的景致不仅可以悦目，更能赏心。

晚饭后，独自漫步田埂，我在最近的距离观赏了油菜花的容颜。它们有的已经凋落，有的正在灿烂，有的花骨朵还紧紧地抱成一团，像少女的心扉。我看到了一个女人的三个季节：母亲、妻子、少女。这是一个团体、一个家庭，共同承受着人世沧桑。我在它们中间沉默，为花香陶醉，而它们对我说话。那是乐观、博爱、忍耐、自信……那个夜晚，我的梦里挤满了花开的声音。

开笔会了。有人回顾，有人憧憬，有人发出无谓的牢骚与争论，围绕着如何造势，如何出名和挣钱。性急者甚至开始盘算笔会的历史价值。整个会议室热闹如大年初一的集市，独无片言只字涉及文学。这群文人怎会有如此充裕的时间用来浪费？我坐在一角，寡言少语，有时候突然笑起来，把旁人吓了一跳。我在想念外边颜色鲜明的油菜花，想念它们昨夜说出的话语。这群干干净净的女人，多么安详和自信！它们在风中舞蹈，在雨中垂下头来，在阳光下，珍藏好自己的泪水，发出纯粹的合唱。还有什么能比泪水中的笑容更美的呢？我迷恋它们，想成为它们中的一员，哪怕只有一个季节的生命，也是"一日胜于百年"。

　　我们人类，何时才能学会那种宁静？

　　笔会三日，我唯一的收获是写了一首题为《草坪乡的油菜花》的十四行诗。这首诗很寻常，语不惊人，没有什么技巧，比喻也不新鲜，把黄色的油菜花比作女人，甚至有些俗套。但是在2003年的某期《诗刊》发表后，竟然引起了我意想不到的反馈，许多相识或不相识的读者通过各种途径表达了对这首诗的好感。因为我妻子姓黄，和我结婚前她在数百公里之外的另一座城市生活，于是一些朋友甚至猜测这首诗是写给我爱人的，是一首情诗。"这不，诗歌的最后一句写得很清楚嘛——我在外地有了亲人，芳名小黄。"他们说。虽然朋友们把这首诗的内涵大大缩小了，但我没有分辨，作为读者，他们有权利依照自己的学识和阅历，对一篇文学作品做出个人解读。

　　我已经写了20多年诗歌了，在我的作品中，《草坪乡的油菜花》属于比较"中游"的一首，不很靠前，当然也不算差。在各种刊物要求我列举自己"下"出来的最喜爱的作品时，我常常把它忘记。但似乎还有一些诗人没有忘记它，这些年来，这首诗陆续被收录进好几个诗歌选本，还有读者在某些朗诵会上拿它来朗诵，以至于我有时候不得不反省自己的诗歌观念。何为好诗？是那些时时被媒体或学者用以举例的名句，还是那些粗看很平常，但总能够在某种时候不经意地泛上你的脑海的作品？现在我读旧作，一些曾经为我赢得名声的作品我读了恍若隔世，似乎它们并非出于我手，而另一些当年并不那么看重的作品，却日益赢得我的好感。于是我意识到，我曾经写过很多矫情的诗歌，它们之所以出现，并非源于我内心的需要，而是对某些阶段浮躁的社会风气的迎合。而真正的诗歌不仅仅是文字和语言的组合体，它更多的是在进行一种证明，证明一个人的生命所达到的宽度和广度。也就是说，要理解一首诗的好坏，不需要对它进行词句及技巧方面的分析，活到一定的时候，你自然就会懂它。

『附诗』

草坪乡的油菜花

需要什么样的语言才能说出她们的
团结，她们的爱与母性
这些衣衫单薄的女子，一袭的黄
在田间站立，互相招呼姐姐或者妹妹

她们黄着、灿烂着，像被反复期待的爱情
她们说：炊烟；她们说：云；
她们说：潮湿的泥土。田埂上，一个异乡人
干涸的眼睛开始湿润

这是三月，是郊区，工业在三十里外
迟到、早退、矿工与病休在三十里外
这是慢、是自然，是从地面往上生长的天空
伸手可及，却无法一眼望穿

我出来踏青，想换出腹中的霉气
我在外地有了亲人，芳名小黄

2003 年 3 月

作者简介：

　　刘春，1974 年 10 月生于广西荔浦县歧路村。著有诗集《忧伤的月亮》《广西当代作家丛书·刘春卷》《幸福像花儿开放》，文化随笔集《或明或暗的关系》《让时间说话》，诗学专著《朦胧诗以后》、《一个人的诗歌史》（1，2，3 部）。中国作家协会会员。现居桂林。

在附近

江非

94

　　一首诗歌写出后，我总会忘记了当时的情境。我很难说出一首诗歌和我的即时关系，也难以说清楚当时到底是什么原因让我去写那些"句子"。如果能复述一段话语与个人的关系，我想永远只能徘徊在那些话语的"附近"，甚至"附近"也是一种假象。因为，在我看来，"附近"意味着空间，话语没有它自己的空间，在整体直觉的角度上来说，话语也没有时间的"附近"。任何话语，在说出的同时，它的空间和时间都是不存在的。而作为一种后期话语对于前期的话语的复述或者阐释、回忆以及联想、追寻、分析，也只能是一种不够和遮蔽。一首诗歌，本来就已经很难完成对于思维和直觉的复述，我们再来复述一首诗歌，依然只能是感到语言的不够，依然只能是一种拓宽了、加厚了的遮蔽。复述或者是回忆，只能是一场在附近的徘徊。因为作为一种"现在"，那首诗歌已经消失了，产生那首诗歌的当时的直觉也已经完成和僵化，剩下的只能是与那首诗歌貌似有关的历史与记忆、因果与经验、一致与连续、知识与理性。它们很可能出现于那首诗歌写出的前几个小时、前几天、前几年，曾经到达的一个地方，曾经经历过的一个事件，曾经读过的一本书，曾经发生关系的一个人，或者是仅仅出现在脑海里的一个冥想，但唯独不是那一刻。那一刻，只是一种直觉，被作为人类艺术习惯的历史习俗，以一种更加牢固的语言交往习俗的方式，部分地表达出来。而这种表达，也并非是为了要告诉自己或者是告知别人那些在语言中的显性承载，而是一种语言的指向、朝向和手势。作为一首诗，表达，或许正是为了显明那些不能表达的部分。

回忆一首自己的诗歌，或者展开对于一首诗歌的批评，在我看来，永远只能是一种"到灯塔去"的愿望，永远只能是一种切近"城堡"的转悠。每一个人，都是一个孤零零的非历史的个体，每一首诗歌，也都是一个独自封闭的意识个体，我们不能返回直觉和同构心灵，便只能在"附近"，只能"在附近"有所道说，而做出一番历史集体主义和理想预定论的经验性后期复述。从而，我们甚至也或许可以宿命地把"在附近"就当成艺术与诗歌的一个当然本质来看待。"在、附、近"，其实是一个艺术的整体。它来自诗歌与艺术的不可分割的整体性。

那么，作为一首在写作日期上已经过去了很久的诗歌，如今再一次回忆起《黄昏去看一棵被砍倒的树》这首诗，作为一个和它关系最为密切的人，我能回想起那时"在附近"的什么呢？我想当时的情景确实是我看到了一棵被砍倒的树，那大概是一棵榕树，就长在我去单位上班的一条公路旁，但是因为新规划的工程项目，它在这天的黄昏时分被一群施工人员用蜂鸣的电锯从根部锯倒了，我路过时，他们正在用电锯继续锯掉树干上的枝杈。从老远处看，能看见这些被锯开的地方闪着一种刺眼的白光，同时，还有一种树脂的芳香，顺着风向我吹来。我想正是这种包含着过去与现在、传统与更新、消失与留存的矛盾的香味，以及组成生活结构的经常事物的突然变异，让我想到了这首诗歌的第一句，这种味道和变异作为一种动因首先唤醒了我的意识中的一个关于"黄昏""看见"的语言、知觉范畴，并让它们继续有所关联。

可这些"附近"之物又能在写作的此时自动去关联到什么呢？我想这和那段时间我脑子里整天转悠的几个问题有关：在那之前的几个月里（或许也是这些年里），我的脑海里一直在想着传统与现在、语言与人类、历史与自然、宿命与灵魂、归乡与精神、行动与情境、个体与社会、事件与形式这些乱七八糟的问题，并想给自己一些答案。可能就是因为在那之前我曾想过"行动与事件才是精神与心灵矗立的大地""精神才是大地与形体得以呈现自己的最终根基""语言是人类指向天空和自己的一株硕大的植物，不断生长的言语能力才是人类得为之自豪和自我的纪念碑"，于是我写下了"昨天它被伐倒了。野地失去了上升、矗立的根基""把纪念碑去掉"这两句话；我曾经想过"历史犹如大地给予了我们无限的关于灵魂的幻想，但终归是一种幻象""只有大地才值得我们永远信赖，才是人的最终归宿和宿命"，于是便写下了"然后把对亡人的幻想退还给了土地的幻象"这句话；曾想过"个人只不过是空间集体与时间集体中的一个部分，不管你怀着何种不一样的心境，它们总会以一种统一的统治力和知识权力带着你前行""生活中的回家其实就是一种无奈地融汇和加法，个人的行动作为一场戏剧性规训和形式性的展开内容，只能最终符合情境"，于是就写了"我跟着他们，踽踽走上了回家的巷街"；想过"或许回到无历史、非理性的本能的野兽状态才是人毕生的心理愿望，才能回到事物出发的母性身边""人已经完全失去了原初的自我，只有在酒神致幻的带领之下，才能在片刻的回归之中与自我相遇"，就写了"在白酒、葡萄酒、啤酒，这些酒神之子的带领下他们已经早早见到了夜之母亲"；还想过"人总是在追问自我的源头和据此的未来""人总是这样既能提问自己又能安慰自己并且不断重生和生长""人也许就是一种能在时空中自我安置的事物，它符合了那个最高存在的本性"，也就写了"一个永不枯竭的梦，正在人世上出现"。这棵被突然伐倒的黄昏之树，可能就是这样唤醒了我的这些思维幻觉，然后在一种无意识中，被"黄昏"和"看见"以刹那间给出的言语节奏和语法制度给自动关联了。但无疑这是一首失败的诗歌。

　　一首可能就是这样被写出来的已经失败的诗歌，作为它自身显现的生活早已过去，对于它，我所能说起的，也只能是作为它的过去的这一些更早的过去，但即使是这样，我所能想起的也只有这些。而这些还不是它所要显明的，它所要最终显明的不在这些语句之中，也不在这首诗歌的语言之中。一首诗歌，只能是"在、附、近"，它作为一个整一性的整体，最终要显明的只是人之个体的一个问题。问题没有答案，正如历史尚未完成，人类从未完满，心灵没有疆域，诗歌没有结尾。因为诗只是一个对于"是"的理解和对于先验逻辑的一种纯粹的映现，而这个"是"和这么一种"映现"，在一首失败的诗歌里将表现得更为清晰。因为一首失败的诗歌正因为其失败，才是一个能看得见的"在、附、近"。

『附诗』

黄昏去看一棵被砍倒的树

黄昏时分我去看望一棵被砍倒的树
它在从前我站在窗前就能看到的地方
有着高耸的树干，密实的枝叶
昨天它被伐倒了。野地失去了上升、矗立的根基
我走出院子，沿着一条小路走了十分钟的路
来到那里
它孤零零地躺在那儿，周围的泥土芳草萋萋
我去看它。把它的根留在了心中，把纪念碑去掉
然后把对亡人的幻想退还给了
土地的幻象
我回来时，天色已经初夜
路旁已经亮起代替白昼的夜灯
小卖部门前的孩子
列队经过疏朗的绿化树

我跟着他们，踽踽走上了回家的巷街
而街区的另一条马路上
醉酒者已经提前进入了深夜
在白酒、葡萄酒、啤酒，这些酒神之子的带领下
他们已经早早见到了夜之母亲
她面部慈祥，一切平安
并未流着对于孤单归来的孩子的辛酸的眼泪
一个永不枯竭的梦，正在人世上出现

作者简介：

　　江非，1974 年生于山东。曾参加青春诗会，获华文青年诗人奖、屈原诗歌奖、徐志摩诗歌奖、海子诗歌奖、《诗刊》年度青年诗人奖、两岸桂冠诗人奖、北京文学奖、海南文学双年奖等。著有国学专著《道德经解注》以及诗集《传记的秋日书写格式》《白云铭》《傍晚的三种事物》《那》《独角戏》《纪念册》《一只蚂蚁上路了》等。现居海南。

和一朵石榴花暗恋

江一郎

早年间一个夏天，似乎特别炎热，在此之前，我已经失去了工作，也一次次与能够重新找到的就职机会擦肩而过，在家中过着一种"搁浅的生活"。无聊、空虚和心情的恶劣，使我无法安静下来继续从事我热爱的诗歌写作。我将自己关在家中，就像里尔克笔下的《豹》所表现的那样，"变得这样疲倦，什么也把握不住"。靠妻子上班挣来的那几张纸币，又怎么能够维持一家三口的生活？无数忧郁的时光就这样像风一样吹到我跟前，又随风缓缓消失。那时，我几乎什么都不想写，内心一片空白。

想想真是糟透了。但那年夏天，当院子里一棵石榴树开出红色的花朵，我忽然感到人生这棵大树，除了阴影覆盖，更多的还是亮色。瞧那石榴树，在颓败的院子里，多年的老树如此丑陋不堪，布满黑色的伤痕，但它已经开花！在那时，我一下子发现了生活中存在的美的事物。作为一个诗歌写作者，我这颗几乎沉睡过去的心被一朵小小的石榴花唤醒了。

一种久已淡忘的感觉回到我身边——我知道，那是诗人潜藏的生命意识又重新在我心中觉醒。夏天扎眼的阳光撒在石榴树上，仿佛"黄金在天上舞蹈"，这样的诗句此刻被我想起，是如此的美好和圣洁。真的，当我从"搁浅的生活"中抬起头来，我从一树开放的石榴花上看到了满天灿烂的阳光。

在我最贫穷失意的时候，那火焰般燃烧的一树花朵，仿佛奇迹，穿透生命的内部，照亮我！就在那个午后，一首诗突然而至，甚至可以说我并没有刻意去寻找，它就来了。我抓起笔，在一张废纸上写下了这么三行："我爱着的不是寻常意义中美丽的女孩/在泥土的位置，从叶子开始/我和一朵石榴花暗恋。"

对生命的渴望，对青年时代梦想的追求，使我再一次认识到生活着是美丽的。那年夏天，院子里的石榴花竟然改变了我对落魄人生的认识，这也是我没有想到的。或许，有人会认为这不过是诗人的一种矫情而已。但我要坚持的是，我是被一朵具象的花送往更高境界的。诗歌确实给了我一种拯救精神的力量，尽管那时我正陷于生活的困境之中。诗歌就像一位无比崇高的女神，在引领我的整个心灵向上。

"风中的花朵，酡红的容颜/多么像高处闪动的火焰/时光的大风翻动/时光的大风，石榴花/是怎样地被我挑在精神的枝头/说开就开。"当我紧接着写出第二节，我已经完全被诗歌自身所打动。我在闷热的书房里写着，文字根本追不上我内心激情喷涌的速度。我几乎忘了写作还需要技巧、语言、风格，或别的什么。这一刻，我觉得最要紧的是赶紧将这一首在心头碰撞的诗歌写出来，至于这首诗是沿袭了传统因素，还是具备叛逆的先锋精神，我一点也不在乎，这些都不重要了。

现在我还记得当时我那份凝神专注而又几近癫狂的状态。20分钟后，我写完最后一节，但我仍处于一种创作的亢奋之中，我走到石榴树下，一遍一遍地朗诵，我想，头顶一树灿烂的花朵终将落下，可是我的诗歌已经留住了她最美丽的容颜。"她纯粹的花朵为我飞翔"，相信必将在后来的日子里为所有不甘臣服于命运的读者飞翔。我完成了一首诗的写作，同时，一首诗歌也完成了它对我的传唤。作为一个诗人我感到幸福，也体验了做诗人的一份成就感。

两个月后，我将这首《石榴花》及另外几首短诗寄给了《诗刊》，参加当年"人民保险杯"诗歌大赛，荣获三等奖。后来连同另四首短诗一起被刊发在《诗刊》上，周所同做了评点，他认为《石榴花》给他的感觉正是源于一种"深藏的生死不悔的爱意"。

多年过去了，我早已从那种所谓的"搁浅的生活"里走出来，也搬离了那所有着一棵石榴树的旧宅，但那满树石榴花我不敢忘记：那是生命里一种最热烈的情感。在平淡或是灰暗的日子，我都将这种形而上的花朵挑在精神的枝头，让它照亮我，提升我。就是生命中最寒冷的冬天到来，我还是告诫自己：生活着是美丽的。

『附诗』

石榴花

我爱着的不是寻常意义中美丽的女孩
在泥土的位置，从叶子开始
我和一朵石榴花暗恋

风中的花朵，酡红的容颜
多么像高处闪动的火焰
时光的大风翻动
时光的大风，石榴花
是怎样地被我挑在精神的枝头
说开就开

而我仅仅是树底下的一粒泥土
因为卑贱和沉重
更重要的是：生活与工作

我需要一生崇高地爱着
在生命的深处
那么一棵石榴树
她纯粹的花朵为我飞翔
我的渴望，还有梦想
在花朵的照耀下，没有黯淡过

假如冬天到来
假如守望的枝头，被冬天压断
我是不是继续这样设想：
在高处，一朵石榴花逼退风雪
仍然被我爱着

作者简介：

　　江一郎，1962 年 12 月生于浙江台州。诗歌作品散见各类文学刊物。2003 年获首届华文青年诗人奖。2009 年获《诗刊》社"新世纪十佳青年诗人"称号。2014 年获《人民文学》年度诗歌奖。著有诗集《风中的灯笼》《山地书》等。系中国作家协会会员。

温暖的存在

——《我的男人》创作谈

灯灯

在我生活的湖边，有一座温暖的房子，白色的砖墙，红色的瓦，几扇朝向湖面的窗户……春天时，它看见鸟儿们在晴朗的天空，带动云彩在飞；秋天时，它看见落叶，在湖中静静地，被阳光温暖地注视着，树木和它的枝丫伸进湖面，时光一样斑驳的树影……

作为一种存在，它经历了几代渔夫的喜怒哀愁，见证四季轮回，它凝视着湖水在生命中的涌动和叹息，同时，它又以寂静无声，作为另一种声音，以温暖的守候作为询问者的姿态，不断向天空发出叩问，探询生命深处的意义。

请原谅我在提到创作时，提到这样一座房子。当我一次次经过这座房子，我就想写一首诗，写自身，写亲人，写我们，生存和生命……我想写一种温暖的存在，在我们常常忽略和遗忘之间，在纷杂和繁复的世相之间，在生命的轻和重之间，我想告诉每一个人：温暖，它一直在。

而我的诗歌《我的男人》的创作灵感正来源于此。就是这座温暖的房子，看见它的主人，清晨驾船捕鱼，日落乘船而归；看见他们，影子永远比他们的脚步到达更远的地方；看见他们叹息、哀愁，日复一日，年复一年，无可改变不能改变，或许也不需改变的生命形态……在我心中，房子几乎成为一个守候的象征，我把它当作我自身，或和我一样，在平凡生活之中，在生命之中，默认自身位置又渴望打破秩序的一种温暖的存在。它和我一样，看见所有像渔夫一样，为了生活四处奔波，渺小又遵从的生命，而紧跟而来的，是追问和思考：究竟是什么，让存在变得如此沉重？究竟为什么，在任何时代任何时候，温暖的产生，正是由于同一时期温暖的空缺？

或许，诗歌就是安放悖论的一个较好的容器。当我在现象世界中说出温暖，事实上我正在指出它后面的不温暖，冲突永不会停止，白天和黑夜永远更替，而光的后面，永远跟着它的影子，而我，我们，永远不会停止追寻温暖的脚步。

顾城说过："一个诗人，首先具备的是灵魂，一个永远醒着微笑而痛苦的灵魂，一个注视着酒杯、万物的反光和自身的灵魂，一个在河岸上注视着血液、思想、情感的灵魂，一个为爱驱动、光的灵魂，在一层又一层物象的幻影中前进。他无知又全知，他无所求又尽求，他全知所以微笑，他尽求所以痛苦。"

对于我来说，我的灵魂因为看见而痛苦，而微笑，因为生命本身引起的回响，而一直追寻和前进。

《我的男人》创作于两年前的端午节，我记得是一个雨天。那天，窗外下着滂沱大雨，清晨像黄昏一样，我似乎仍在睡梦中。梦中的我，好像看见我的先生回来了，他拉着我的手，和我说了些话，似乎是在说，这几日公司很忙，他回来看看我们，一会就要去工作。又说，他给我和女儿准备的早餐放在桌子上了……

后来我醒了，我不记得我的先生是否真的回来过，我不知道我是在梦中，还是真的见过他，直到我看见桌上的早餐，我才确信：他真的回来过。

那一刻，我忧伤地哭了。

想起我的生活，我们每个人的生活，我们的生命形态，各不相同，却有着相似的痛苦，或为物质世界奔波，或为精神世界困扰，正如默温所言：痛苦就是存在。

对于一个诗人而言，或许更是如此，当我看见了痛苦，正视了痛苦，事实上我也顺着这样一个痛苦的方向，指认了自身的存在，一个独立个体的存在，或作为一个女人的存在，同时，我也从痛苦的背面，找到了我想看见的、追寻的，那从未消失的、温暖的存在。

而这一切，都是因为，爱。基于我对它的信任，它同时也给我足够的信任。

在我写下《我的男人》这首诗后，很多读者和朋友，把它当作一首爱情诗来读，但对我自身而言，它不是一首爱情诗，不是，从不是。我从来没把它当作一个爱情诗题材去写。当我向读者述说一个以我的先生为原型的画面，一种状态，事实上我的思想已经远离了这个画面，而在这期间被遮蔽或在背面的东西，恰恰正是我想要说的。

正因为如此，"我的男人"也并不是我的男人，他是千万个为生活而奔波的男人中的任何一个，"我"也不只是我，"我"是带着温情而忧伤，带着温暖而慰藉，在生存现实下，寻求真相并试图打破真相的任何一个女人。我是替她们发声，在我身后，站着一群甚至更多的人。

如果我在这个只有七行的短诗里，多多少少显示出我的意图的话，它应该会留下一种追问，即，究竟是什么，让我们的男人，一年中只有很少的时间在家中度过？究竟是什么，让男人把自己的女人，看作母亲、妻子和女儿？在这不同身份的转换中，它所对应的，现实给予男人的伤害、责任以及欢乐究竟是什么？又究竟是什么让我们的男人，以这样的方式寻求自我安顿和自我疗伤？

当然，在这首诗里，我所表现的"男人"，是坚强又脆弱的，"我"是脆弱的，而当我们残酷地接近一种生存真相，它也是脆弱的。我们每个存在的个体，在巨大的生存背景下，对于自己的命运，无可选择也无可逃避。

而温暖，作为一种存在，恰恰显示在那声叹息之中。

『附诗』

我的男人

黄昏了，我的男人带着桉树的气息回来。
黄昏，雨水在窗前透亮
我的男人，一片桉树叶一样找到家门。

一年之中，有三分之一的时光
我的男人，在家中度过
他回来只做三件事——

把我变成他的妻子，母亲和女儿。

作者简介：

灯灯，女，现居湖北武汉。作品发表于多种诗刊及入选多个选本。曾获《诗选刊》2006年度中国先锋诗歌奖、第四届叶红女性诗歌奖、第二届中国红高粱诗歌奖、第21届柔刚诗歌奖新人奖。参加《诗刊》社第28届青春诗会。出版个人诗集《我说嗯》。

一首诗的现在说

——《落日之色：笺注〈中国通史〉》创作札记

阳飏

我曾在一首诗中写道："明月参与了历史的创造和篡改／明月知道人类太多的底细。"——也就是说，历史是"过去"，对历史的重述是"现在"，而"现在"总是可疑的。我就是这样一个"可疑"的人，打着手电筒，想要查找出一些什么来吗？

那是一个暖和的秋日，透过玻璃窗的阳光照得人有些慵懒——这个时间的概念显得十分"可疑"，多年以前那一日的阳光我真记得吗？母亲正忙碌着——母亲总是忙碌着，这一点毋庸置疑，一生忙碌的母亲啊！夏、商、周太远太远，秦、汉、唐、宋、元、明、清依然太远太远，母亲是我的典籍，翻开每一页都是温暖；那些远去的朝代是一个国家和民族的典籍，翻开每一页都是……

就是在那个照得人有些慵懒的秋日的阳光下，我写下这一首诗的题目：《落日之色：笺注〈中国通史〉》。

几千年的中国历史，每一个重要朝代仅用区区几行小诗，就可以传达出那个时代的些许精神吗？诗人是词语的野心家、阴谋家，乃至颠覆者和乱伦者，对于邈远的历史而言，创造和篡改的中间地带或许正是诗人出没的地方。

按照纪年顺序，先说夏。

夏代是我国历史上的第一个国家。治水的大禹游来游去，可是我却被另外一个名字吸引住了：妹喜。这位喜欢听撕裂绢帛声音的绝代美女，按照我们现在的说法，应该是患有心理疾病的，撕什么不好，单单要撕昂贵的丝绸！或许后宫的日子太孤寂，这对她来说也是一种心理发泄吧。既然自己宠爱的女人喜欢，那就把库存的绢帛搬出来一匹匹撕，你说，这桀的统治能长久吗？

接着说商。

甲骨文的出现，青铜制造业的鼎盛，以荒淫暴虐著称的统治者纣，我想到一个颇具讽刺意味的场景：商纣率领一帮宠臣爱姬拼命想喝干一河流水，说是不然这水要去灌溉周的井田了。

再接着说周。

"烽火戏诸侯"，不笑的褒姒笑了。怎么又是与美女相关——像是美女创造或者篡改了历史。

周幽王，如果实在耐不住寂寞，你就摸黑找着自己的脑袋酒壶那样提上，然后把自己灌个大醉，一醉千秋。

接下来说春秋。

何谓"春秋"？因孔子修订的《春秋》与这一阶段年代大体相当，故以此称之。也由此可见孔子的重量。

只是春秋的重量级人物太多了：老子、孔子，等等；那是一个诸侯正匆匆忙忙冒雨划分着泥泞的疆界的时代啊。

接下来就该说说战国了。

连横合纵，说客遍地，屈原投江，荆轲行刺，该悲壮的自然悲壮，该慷慨的自是慷慨。战国注定不寂寞，随便一挖掘就泉涌不止气吞山河。至于"百家争鸣"，嗓门大的嗓门小的，不管有理没理，反正是吵吵嚷嚷热热闹闹。

现在说秦。

一说秦，自然是秦始皇。胡亥算什么？赵高算什么？秦始皇随便伸一根指头也比他们的腰粗。

秦始皇够气魄。

秦始皇死在出巡的路上，胡亥、赵高秘不发丧，让这始皇帝和一车臭鱼睡在一起，颠簸着回了京城。这下可好，轮到赵高毙命的时候，他总是闻见自己一身鱼臭味，周身奇痒难耐，一抓一手鱼鳞片。

秦始皇够气魄。

现在再说汉。

"大风起兮云飞扬"——这句诗出自汉开国皇帝刘邦，皇帝诗人一开口，我感到无处开口——那就逆风站着在那云下面发会儿呆吧。

再说说三国。

关羽、张飞、刘备、诸葛亮、孙权、周瑜、曹操、吕布……可以列长长一张人物名单，英雄太多，写首小诗权作一杯薄酒敬英雄吧。

再说说隋。

“隋炀帝孤零零地一个人举手表决”——多么孤家寡人的一个隋炀帝啊，不但寂寞，还有那么点儿悲壮，辽阔空寂的天空和大地的背景前，只有他自己，和拖得长长的恍若坍塌了的帝国的背影。

再说说唐。

说唐我们总喜欢情不自禁地加个形容词“大”，大唐朝——当之无愧；大英雄——李世民、黄巢……大诗人——李白、杜甫、白居易……大僧人——鉴真、玄奘……与大相对的是小：只有一群一群的小蚂蚁，悄悄地把大唐朝搬运到历史隔壁的房间去。

再壮阔的时代也要谢幕，时至今日，你只要注意谛听，夜深人静时还能听到这些人物的咳嗽声。

再说说宋。

我用了几个“太多”，这也可以算作是我读宋代历史的个人总结吧：皇帝太多，忠臣太多，奸臣太多，战争太多，诗词太多……

盛世之后/大叹息留在乱世

赵匡胤乃大叹息，感叹号一样矗在那儿；范仲淹、王安石矗在那儿；苏轼、辛弃疾、李清照矗在那儿……感叹号太多，矗成古木参天了。

再说说元。

说元，马上想到的就是成吉思汗：他的背影像是黄昏和吹过岩石的风组成，多少代后人都能认出他那征服者坚硬的下颚。

再说说明。

无非是，明亡了：工匠们又要忙着刻制另一枚玉玺了。

最后说说清。

清说了，我的这首诗也就完成了。

一个朝代结束了就成了历史，这首诗完成了也就成了与我相关的历史。

又是一年的秋天，秋天总是令人怀旧，写完关于这首诗的创作过程，我似乎有一种秋后算账的感觉。和几千年的中国历史算账？没有那个气魄，我顶多也就是和自己算算而已。算归算，保不准越算越糊涂，我的意思还是看诗，墨西哥大诗人帕斯说过这样一句话："意义不是诗人想说的东西，而是诗篇实际上说明的东西。"

这个秋日下午的阳光已经漫延成我案头的灯光了，看看窗外，十五刚过月亮已经黑不见影了，如果我现在出门，路灯下晃动的就是刚刚还自视为"可疑"的那个人——他的身影像团墨迹，似乎正时时准备涂改什么。

『附诗』

落日之色：笺注《中国通史》

夏

妹喜，撕绸的妃子
偌大的国家闻不得裂帛之声啊
不信你再听，那丝绸之外的另一种声音——
所有夏代的公鸡已经在啼商朝的时间了

周

后稷、公刘、扶犁者们
周人的土地上生长着先驱的骨骼和魂灵
执羽舞执盾舞铸大鼎
社祭腊祭，祭镶着丰收和鬼神花边的日月山川列祖列宗及
青铜

只是以笑名存史册的褒姒像是一个朝代恰到好处带有裂痕的
风景
而周幽王无头的身体便开成了别人家的花朵

三国

英雄太多，美人太多
貂蝉一枝花，大乔小乔铜雀春深两枝花
赚了江山赚东风
太多的英雄浪淘尽
滚滚长江水东流，上游的英雄们还在叙旧
一匹无躯的时间之马穿过历史的开阔地奔跑着
带来了英雄的最新消息

隋

像本书一样翻开辽阔空寂的隋朝天空和大地
隋炀帝孤零零地一个人举手表决：
这么好的头颅随便什么人砍去，我只想赎一口新鲜空气

宋

皇帝太多
黄袍加身的皇帝，扇子上描花的皇帝，写一笔瘦金体字的
皇帝，江山越写越瘦

忠臣太多
像一根根蜡烛，烧一根换一根，烧完烧不完吹灭了再换
奸臣太多
民谣唱：打破筒（童贯），泼了菜（蔡京），便是人间好世界
战争太多，诗词太多
盛世之后
大叹息留在乱世

清

一部清朝历史
总见得一盏盏后宫内的大红灯笼
像一张张流着血着了火的脸
排列整齐临刑模样地望着八旗子弟打下的江山

作者简介：

　　阳飏，中国作家协会会员，一级作家。出版诗歌、随笔、艺术评论有：《阳飏诗选》《风起兮》《风吹无疆》《墨迹·颜色》《中国邮票旁白》《山河多黄金：甘肃文物启示录》《百年巨匠：黄宾虹》《左眼看油画》《右眼看国画》《古遗址里的文明》《简牍的惊世表情》《话说兰州》等。曾获《星星》诗刊跨世纪诗歌奖和《星星》诗刊年度诗人奖等奖项。

陌生唤醒的记忆

宋晓杰

2003 年 8 月，正巧要参加一个散文的会议，使我终于有机会去了朝思暮想的新疆！不想，刚到乌鲁木齐，一下飞机就病了。嗓子生疼，不停地咳，仿佛有一股不安分的冲击波在气管里不停地涌动。一路上，每到一处，不是先看风景，而是先找药店。这就注定了那一次与我的渴盼似有不同的忧郁、伤感之旅……

那一天是自由活动时间，也是我们夜以继日周游名胜古迹后回到乌鲁木齐最闲适的一天。我想看一看景点之外随意的新疆。所以，没叫任何人，独自漫无目的地走上街头。

见一家类似肯德基的店面在眼前，就走了进去。有许多空位可选择，我便找了一个冲门的座位。无遮无挡的视界，保证一抬眼就能看见大面积熙熙攘攘的生活，有一种局外人的超然和偏得。大幅的俊男靓女广告，紫粉、明黄、蔚蓝，悬垂在商厦的外墙上，一种现代社会被夸大的幸福感、富足感。粗陶、干枝、彩条装饰的橱窗，不动声色地制造着经典和浪漫……

　　一路打听不同年龄的四五个人，才在繁华渐尽的一个角落里找到了邮局——那也许是当时最郑重、最有意义的事情了，我甚至为自己的突发奇想感慨万千。做编辑工作多年，每天都要与信件、邮差打交道，异地逼仄的小门面让我如见故人一般亲切，而它宽敞的内部让我一下子感动起来。我给三张明信片分别添上了地址——那是新疆风光的明信片——我把它们寄走：一个给南方，一个给北方，一个给了居中的自己，这样我就拥有了一个相对完整的祖国。

　　我清楚地记得，我把新疆清朗的山水给了那两个朋友，如果能够代表我在他们心中明媚的形象最好了。留给自己的，是一张沙漠驼队的晚照，我自言自语地写下："等你回来……乌市病中。"灰灰的圆圆的邮戳标明：2003年8月13日。写完，又是一阵剧烈的咳。倾斜的玻璃台案，使我感到自己也具有了一种向下的坡度。我伏在上面，把头埋在臂弯里……

　　走出邮局，没了方向。我随意地捡了一条路。嚣嚷一点点退去，街市还原了它难得的安谧。不时有身着各式服饰的少数民族男女或匆匆或悠闲地从身边走过。前面闪出一家书店。很旧的书——即使是崭新的，我也是不容置疑的文盲。因为那是一家少数民族书店。我随手翻着，完全陌生的境界訇然洞开。我猜想那一字一符是一个个深幽的眼睛，隐藏着无数不可知的神秘事物。忽然觉得自己旋转着，一点点微小下去，单薄，忽闪，有如玻璃的清脆。世界多么辽阔，辽阔得凭空生出许多莫名的悲悯和哀愁。关于生命，关于情感，关于岁月，唯有让位给沉默……

犹如开阔的江面延展开来：一阵阵乐韵习习扑面，川流不息，继而，把我淹没。嘹亮。昂然。落寞。忧伤。车辆往来穿梭。买卖此消彼长。塔楼摩肩接踵，宛若童话中莫测的古堡，有不可抗拒的深邃魅力。仿佛是落难的公主，重又见到了久违的皇宫，前尘往事、悲欢离合，倾泻而出。泪水竟自簌簌渐渐……

手指不经意间触到了裤袋里的手机，但我还是忍住了。一次次。也许人的体能处在极限的时候，心智反而更加澄明。要想把一个人、一件事忘却，用出走与逃避的办法是不管用的。相反，他们会以眼前所见的任何一个细枝末节，更有力地唤醒记忆。遗忘，做一个幸福的人！那其实只是自欺的坚强与温度。

记忆的零星落羽，折射着多棱的光耀，而纵有百舌，只能明其一处；纵有百手，只能择其一枝。精耕细作的文字只是一粒粒谷粟，标识、佐证着春秋。于是，在通往未来的路上，平常的目光、叹息、花瓣、雨滴，因此而满怀深意。人各天涯。就像那个清晨，利华大酒店门前，沈苇的擦肩而过；就像那个深夜，灯火通明的乌鲁木齐街头，刘亮程渐渐泅下去的背影；还有，我手心里紧攥的，北野送给我的小药丸，银澄澄地闪着喑哑的光泽……

而这一切，我再次找到它们时，已是离开新疆之后的一个多月：2003 年 9 月 16 日。

『附诗』

走在陌生的地方

你想象不出我的落寞
如暗紫的葡萄，在街头
担承起过盛的秋水
千里之外，坚劲的鼓点骤雨初歇
苦香流荡成河

什么都不必去想
诸如面具、背影、炊烟、伤害、
甜言蜜语、可有可无的一切
都没有一次深呼吸来得重要了

双手插在裤袋里，走走停停
像斑驳的舢板分开水面和微风
像蝶自由地起落翕合

我的目的只有：走！
哪管随意的大街小巷、房前屋后
最好忘掉游移的土地和可能的结果

——我多么热爱陌生
热爱屏障、玻璃、川流不息的辽阔
热爱熟悉的事物在陌生中
昙花惊现！星泪纷纷

你想象不出我的沦陷
彻底、决绝，层层递进
在关键的声部陡然转折
我注定要随波逐流，因而你
永远不会遭逢我。魔瓶锁紧咒语
呜咽着渔火。一场社戏正进入高潮
而我们已彼此失散：
爱如汐水，但并不与你联络

（发表于 2004 年 2 期《诗潮》）

作者简介：

宋晓杰，生于辽宁盘锦，一级作家。出版各类文集 15部。曾获冰心散文奖、华文青年诗人奖、辽宁文学奖、2009冰心儿童图书奖、第六届中国散文诗大奖等。参加过《诗刊》社第 19 届青春诗会、鲁迅文学院第七届中青年作家高研班。2012—2013 年首都师范大学驻校诗人。

毁灭，心灵的摇滚乐

张烨

诗是诉之于心灵的艺术，创作的自由意味着心灵挣脱一切可能的束缚。无须回避，在《最后的青春》这首诗里凝结着我的生命在告别人生盛夏进入秋景期所遭遇的一场惨痛的情感经历。在这个时期，人的心智在各个方面都应当比较成熟了。无论对生存的现实，对自我，都会有较深刻的认识与反思。坦白地说，我这人很复杂，充满着矛盾的苦恼，是一个不合时宜的人。这个世界太冷太硬，太多的恶与腐败，它常常击落我内心升起的太阳。在现代文明的背后潜藏着毁灭性的危机，个人是悲哀的。爱情中的纯洁与坚贞等词语已变得像天方夜谭那样令人生疑，并遭到嘲笑。在这样一个物欲时代，谁还真正能够爱？我承认，在爱情上我是吝啬的，不肯轻易付出，"质本洁来还洁去"，这绝非是一般人所误解的传统观念；而是因为我不愿妥协，不愿与这个有欲无情的时代同流合污，成为"无爱"的牺牲品。我认为人必须有独立于天地间的精神，我不在乎别人如何看待，如何理解。

　　明知身处无爱可言的现代世界，明知另一个性别的世界在爱情上"先天不足"，却依旧义无反顾地去爱，人有时候确实是很难说得清自己的。这或许是由于爱情本身的复杂，抑或更是因为我始终不愿放弃古典式爱情理想，始终没有真正被人性之恶、时代之恶所摧毁？再不，就是我怀着侥幸。就像一棵树没有了花，没有了叶，甚至没有了躯干，那是什么样令人厌恶的力量拔掉了理想的情根？你要豁达些，所谓爱情，其实不过是爱上了自己的幻想和梦罢了，并非是爱的对象。我如此自慰着，但这种自慰并没能抚平创痛，反而更燃起绝望的火焰。我的内心深处激荡着崩溃之声，一种巨大的毁灭感压倒了我，我听到了自己心灵的喊声，那是爆裂的火山。我悲愤交加，陷入无比的自责之中，在好长一段时间里都会反反复复叨念着：最后的青春，一段毁灭的时光，犹如一个神志恍惚的梦游者的心灵。

　　我要表达自身世界，表达对畸形的时代下所谓"现代爱情"的凄烈感知。我静下心来思索着如何写好这首诗，如何找到最恰当的表现形式。诗是自然生成的，但并不等于不用技巧，使用技巧的最高境界在于让读者甚至让作者自己都感觉不到技巧。写这首诗时，最先从头脑中冒出来的便是"最后的青春，一段毁灭的时光"这一句，它也使我决定了《最后的青春》这个诗题。这首诗在1989年成稿时约有40行。其中一段对时代的感受写得较为深刻，有力度，有些甚至称得上警句，但却因此松散了诗的内在结构，冲淡了情绪，有些喧宾夺主。重写了两次后依旧感到不满意。由于当时我正在创作长诗《鬼男》，便只好将它暂且搁置一边。直至1991

年 4 月的某天夜里，附近不知谁家的音响开得很大，一支现代摇滚乐从窗外传了进来，音乐的流程从低哑的如泣如诉递增到急风暴雨般的嘶喊。它震撼着我，一道音乐的激光照亮着我，我突然感觉到了这首我头一回听到的乐曲与《最后的青春》之间有着一种神秘的联系。对，把艺术和心灵的毁灭糅合在一起，我完全可以尝试着把《最后的青春》写成一首诗的摇滚乐，我自言自语道。其实我平时写诗也比较注意诗的音乐性，只是内在的旋律一般都较舒缓、优美、忧郁，弥漫着朦胧的乐雾。而《最后的青春》由于思想情感的强烈、悲怆，节奏自然要起变化。诗的起句我采用了悲剧式的自我拷问、自我否定，面对现实倾诉自我的丧失；诗中的音乐也跟随着从迟缓到急促，由轻到重，仿佛从远处翻滚而来（当然这中间又有些起伏变化）。我又意识到对时代的那段议论显然不符合摇滚节奏，便狠下心来将其全部删除，大胆地浓缩成一句："我灵魂的反光是整整一个时代/通过列车迸出带血的呼喊。"至此，使诗中的音乐变得粗犷、凌厉、具有爆发的力度，就好像在天地间画两条粗重的线条，而全诗也在高潮震响中戛然而止。

　　诗可以写希望，也可以写绝望，这首诗属后者。不过我让诗的结句回响着隆隆的火车声，本身已暗含着一种张力。读者能隐隐感到"远方""未来"的意味，这也是我欣赏的气度和胸襟。超越爱情，超越时代，生命毕竟有着更广博更伟大的境界。

1999 年 9 月上海梦楼

『附诗』

最后的青春

灼热的一瞬
我们的生命真是两个灵魂的结合？
你的呼吸顷刻凋零了我肩头的红叶
声音劈下来时，果实带伤呜咽
所有的血液是这一滴
所有的季节是这一季
你不会懂得我的痛惜

茫视窗外，北风掠过赤裸的雪夜
暗示我毅然脱逃
你疲惫入睡，你的声音依旧在黑暗里回荡
声音来自一座封建污浊的宫殿
我走了，我的一切馈赠是灰烬
是被你的海水覆没在深处

死亡的月亮

在南去的列车拥挤的车厢里席地而坐
最后的青春，一段毁灭的时光
不再等什么，也无须别人的理解
人们不会透过我的萎谢探寻根的惨痛
我灵魂的反光是整整一个时代
通过列车迸出带血的呼喊

1991 年 4 月

作者简介：

　　张烨，上海市人。原籍浙江奉化。1982 年毕业于复旦大学分校文献信息系。1982 年开始发表作品，1990 年加入中国作家协会。著有诗集《诗人之恋》《彩色世界》《张烨集：生命路上的歌》，散文集《孤独是一支天籁》等。上海作协理事，上海诗歌委员会主任，现在上海大学文学院任教。

它无法用其他艺术形式表述

张巧慧

在陈之佛艺术馆工作已数年了。艺术馆是仿古建筑，四周是围墙，有园子有天井有花木有池塘。若是下了雪，或是微雨，恍若旧时光景。大门，是对开的两扇木门，推开来，有门轴转动的声音，拉得很长。门上是萧娴的题匾。艺术馆在闹市之中，颇有遗世独立的味道，似乎执守着某种高贵的传统。

门对面是高楼。我是亲眼看着这栋高楼建造起来的。我调入馆中之际，斜对面的银泰大楼在建，馆门口还是一小片田地，城中村的居民随意种着几垄蔬菜。过冬后第一个春季，还能看到几枝嫩黄的菜花。但大家都知道这块地已经被规划了。

然后有一天，推土机就把半围的矮篱笆推倒了，工程队很快搭起简易工棚。菜地被压坏了。我馆的保安可惜地说：那么好的青菜，也没人来捡。

很多装备进场了。各种嘈杂之声越墙而来。我的办公室紧邻着马路，声音便分外清晰。施工时，地板会有轻微震动。在廊前能看到工地的情景，巨大的机器与忙碌而微小的人。

想起雷平阳曾经说过类似的话：一个书生无法用堆起来的书阻挡外面喧嚣的世界。同样，我无法阻挡对面工地正在发生的一切。

我们无法阻挡这个时代正在发生的一切。

施工速度是很快的，每天都能看到新的变化。有一阵子，我常站在二楼的走廊上用单反相机拍工地。我想记录一些什么。被推翻的与被重建的，粗大的钢筋与冰冷的水泥柱，矮小的工棚以及门口晾晒在阳光里的内衣……这些与艺术馆完全相反的诗意被建立起来。而这诗意，不是摄影能表达的，摄影太实了；也不是散文能表达的，散文太直白了。它是实的，又是虚的，是具体的，是有细节有故事的，但又是不确定的。它无法用其他艺术形式表述。

于是有了这首诗。这里的父亲，并不是我的父亲。但也是我的父亲。我见过太多的父亲，他们都具有某种共性。

与以往的诗歌不同，这首诗歌关注的不再是我个人的日常生活，也不仅是女性角色。或者说，平素写诗，更注重异质。而在这首诗中，我想表达的是一种共性。往下开挖的地下车库，往上生长的楼，操纵机器的手，被碾压的肉身，麻木的脸……也许正是当下的缩影。

显然，这首诗歌的技巧是不成熟的。我至今没有掌握适合我的表达方式。林莽老师曾经批评我说，经典读得太少。诚然，面对复杂的经验，我颇有些无所适从。至于其中的两句："几千年无非如此。毁损/更为容易，而废墟比庙宇多"，我也没有足够的自信。我提到了"废墟"与"庙宇"，试图暗喻哲学与信仰，但又觉得过于明晰、单薄，此时此景所概括的内容恐非仅指这点感想，也不只是否定或者肯定；但若是去掉，似乎又过于口语化。仅有暗喻与意象是不够的，在线性的叙事结构中如何处理抒情与哲思，如何表达纵深与复杂，我尚缺乏熟练的诗艺。这一首未完成的诗歌，搁置了许久。许久后才发表于《十月》。我喜欢这首诗，是因为它是我诗歌中的另类，是翻越生活之藩篱做一种陌生的尝试。哪怕这种尝试是不成功的。

后来霍俊明在点评会上谈到了这首诗。在我认识他之前，他已经把《父亲忙着拆除自己》收入了他编的一本年选。他说：这首诗歌是另外一个向度的，在处理现实经验尤其是公共经验的时候，跟其他的写作者不一样。很多人都是直接处理，或者按照当下最流行的新闻化的效果来处理当下现实，但是张巧慧往往把这种诗歌作为精神背景，比如写城市的新与旧之间的关系，包括拆除、拆迁、底层、社会事件，甚至写到工地。这样的诗歌很危险，难度会越来越大，而当下写这类诗歌的人很多，但是她在处理这些文本的时候，往往作为背景，一个精神性的装饰。

很钦佩他对文字的敏感。他说到了几个关键词：背景。一个精神性的装饰。

这些年，我习惯于冷静地看待世界，也非常冷静地看待自己。很多时候，我疼痛，绝望，却还是像一个旁观者一般，仿佛偌大世界都只是背景。

我写这首诗歌的时候，是站在艺术馆二楼的回廊里。我是站在这首诗的对面，目睹了这首诗的产生。我本是旁观者，但却把自己也放进去了，成了其中一个小角色。

直接处理尖锐和疼痛是当下比较常用的方式，但更需要深处的观照。从底层出发，我们似乎应该看得比底层高一点。这或许是比技巧更重要的东西。诗歌所承载的肯定不只是农业与工业，农村与城镇，底层叙事和知识分子式的诠释，也不仅是70后遭遇的精神困境。这分明是精神的祭台，却这么热火朝天。我冷静地、深切地体会到这背后复杂的苦味和巨大的悲凉，这种悲凉是指向普遍的人类与众生，包括试图旁观的我。这不仅是一个装饰。

现在，门对面已经是20多层的"金沙半岛"。楼盘的名字很俗，淹没在众多的房地产广告中，商铺逐渐多起来，灯红酒绿也多起来。如此，与艺术馆对峙着。它们都有各自存在的理由和力量。我不知道多年之后会怎样，谁抹平谁？或者它们守着各自所代表的意义，或者它们各自式微，终归于废墟。

我们的诗歌，又能留下什么？我们正在失去什么？想要表达什么？重建什么？"一个人，死了／居然并没有多少血。"我是迷茫的。有时候又觉得这样的对峙，并没有什么不好。

人类往往如此，不断推陈出新，又不断缅怀过往，甚至对破坏含着一种痛快的邪恶感。某些狭窄的范畴，正通过暴力美学获得突破，或毁灭。审美如是，文明亦如是。

本来打算写一组，但是因故搁置了。许还是内力不够，觉得自己尚不能完整而准确地表达这个时代的变化与疼痛，它留下的痕迹过于强烈而难以表述。因为地下车库的开挖和高楼的施工，至今，艺术馆的外墙上还留着墙体倾斜造成的明显的裂痕。

『附诗』

父亲忙着拆除自己

给父亲送盒饭，看见他
正在砌墙。断砖，水泥。他灰扑扑的

工地那头儿，拆除的房子裸露着大梁
推土机轰隆隆的，开过来
我听到什么轰然倒塌
父亲一边吞咽，一边含糊地说：
前天，推土机推倒了一个人，死了
居然没有多少血

几千年无非如此。毁损
更为容易，而废墟比庙宇多

大吊车垂下来，父亲站在一堆断砖前
仿佛正在拆除的废墟

作者简介：

　　张巧慧，女，20 世纪 70 年代末出生，浙江宁波慈溪人。现为陈之佛艺术馆馆长。作品散见于《人民文学》《诗刊》《十月》《作家》《星星》《中国作家》《诗选刊》《青年文学》《扬子江诗刊》《诗江南》《延河》《西部》《中国诗歌》等几十种文学刊物及多个年度选本。出版有诗集《朔风无辜》《缺席》《走失的蝉衣》，2014 年参加中国作协《诗刊》社第 30 届青春诗会。获 2015 年浙江省青年文学之星优秀作品奖，2012—2014 年度浙江省作家协会优秀文学作品奖，2015 年度华文青年诗人奖。

谈谈《雄牛》

张洪波

　　"文化大革命"后期，我仍在乡下。我们知青集体户与公社兽医站只有一路之隔。于是，经常看到猪被抬进去，牛和马被牵进去，一帮人再围上去狠狠地折腾一阵子，牲口们便发出了疼痛的嘶号之声。然后，人们散去。那些牲口从此失去了生命最根本的东西，永远地没有了生育的能力，它们被阉割了。

　　在整个阉割的过程中，猪的叫喊声是最尖利的，那声音从一开始就充满了绝望。马的声音也算尖利，但很短促，最后以无奈告终。只有雄牛的声音让人感到沉重。如果说猪和马的声音出自喉咙，那么雄牛的声音则是从胸腔的深处喷发出来的。在雄牛沉闷的声音里，有与猪和马同样的绝望和无奈，但更多的是反抗的呼喊。雄牛充血的眼睛瞪得圆圆的，仿佛随时都会鼓出来，浑浊的泪水在眼眶里转动着。雄牛大口大口地喘息一阵子，再猛地吼叫一嗓子，那长长的吼叫，似乎一下子喊出了生命的全部委屈和永远无法驯服的心灵。

在后来的日子里，一想起雄牛被阉割的场面，一想起那浓重的血浆，一想起从血泊中捞出的睾丸被放进托盘端走，一想起雄牛沉闷悠长的吼声，我的心就被强烈地震撼着。这是一桩充满悲剧内涵的事件，它很难从我的记忆中抹掉。多年以后，当我把这一客观现象写成诗的时候，才感到，生命的苦难是诗无法回避的一个主题。这种经验的材料，迟早是要以诗的名义得到提升的。雄牛被阉割了，这个灾难现实无法挽回。但是，我仿佛从这一事件当中，找到了多年未曾找到的诗歌触点，这个触点来自这种事件所含有的象征性意象。我深知，这幅悲怆的图景，是意味深长的。

在写作当中，我坚持了语言上的自然清白。尊师牛汉先生谈到这首诗的时候说："《雄牛》可激起的现实联想的悲剧感是强烈的，它是一个不需要辞藻渲染的意象，它本身就是活的生活，语句节奏都是它自身应有的有声有色的形态。"我很珍重牛汉先生所说的"自身应有"，这些年来，我在写作当中一直不敢忽视"自身应有"。我知道，诗一旦做了伪装，不是"自身应有的"，也就没有资格去打动人心了。

《雄牛》的内容决定了这首诗是不可以玩弄技巧的，它需要本能的自然契合，如果有加工的痕迹，就很可能会破坏了吻合于悲壮生命原态的诗歌格局，所以我尽可能地雾化技巧。但是这个追求是很危险的，功力稍有不足，就会蹈入散文化，我不知道自己是否达到了应该达到的那个境界？我愿意这样去努力，不去顾及什么所谓的"力度""强度"之类。我重视血液的原色，重视暗含在平凡意象之中的生命写真。

『附诗』

雄牛

雄牛绝望地吼了两声长调
为被割除的一对睾丸
放喉痛哭

血浆浓重
一滴滴点穿了悲壮夕阳
黄昏挣扎
……

人们灵巧地躲开去
他们还不敢相信它已被驯服
他们看见它的泪水在眼睛里
并未轻易流出
那是一头真正的

雄牛

午夜
远远的牛栏里
又传来一声声放号
我猜想一定是它
只有它的声音
才能够震颤这夜
使之难眠

明天
它还会顽强地
在鲜血润过的土地上
阔步走来吗

作者简介:

　　张洪波,当代诗人、儿童文学作家、书法家。1956 年出生。20 世纪 70 年代末期开始文学创作。著有诗集《沉剑》《旱季》《最后的公牛》《沙子的声音》等 15 部,散文集 2 部,童话集 2 部,作品被收入百余种选本。

我们行走，抛撒着时光

——《生日》写作手记

李南

与读者分享一个诗人的写作秘密，这是一件荣幸的事。

写"生日""自画像"这一类的内容，古今中外并不鲜见，这是一个回望岁月、认识自我的过程，几乎每个诗人都有涉及。大诗人博尔赫斯这样写："今年夏天，我将有五十岁了／死亡消磨着我，永不停息。"（《界线》）同样，大诗人米沃什写道："迟至九十岁那年／一扇门才在体内打开，我进入／清晨的明澈。"（《晚熟》）布罗茨基在他的生日诗中写道："如今我四十岁了。／对于生命，我该说些什么？它漫长，厌恶透明。"（《1980 年 5 月 24 日》）当然还有很多，这样一个被说滥了的主题，说实话，过去我从未敢涉及。

去年，恍惚中就到了 50 岁，青春已经悄悄走远，早已无数次地在心里跟它道别。50 岁，总觉得应该写一首诗，郑重其事地纪念一下过往的岁月。这个念头一直萦绕着我，于是我开始为这首诗做准备。

我是一个慢热型的诗人，而又惰性十足，产量不多，但是对于写诗这桩事情，我还是比较认真的。年轻时把诗歌当作生活中唯一的宗教，加之拥有激情和灵感，写作的数量相当可观，最好的状态下，一天可以写几首诗，可是现在回过头来再看这些诗，能够值得阅读的已经不多了。这并不是说，20 世纪 80 年代的写作完全做了无用功——至少，通过这些失败的诗，对我进行了反复的文字训练，建立起了初步的诗歌鉴赏能力。

　　人到中年，写作上遇到的瓶颈，需要每一个认真的诗人来跨越、来解决，我的脚步放得更慢了，往往是像在黑暗中摸索，需要一道闪电来照亮。我就耐心地等待这道闪电。在这个等待的过程中，我的生活照旧进行，我读书，会友，旅行，做家务，陪伴老母亲，和寻常人一样过着世俗的日子。通常，在读书时，有一行文字会把我带入一段遐想中，有时在公交车上，忽然间就记住一幅画面；有时在饭局上，听到某个人随意说出的一句话，都会让我沉思良久。我想正是这一切，构成了诗歌的血肉。

　　《生日》这首诗的写作，也是酝酿了许久。所谓"酝酿"，也就是一个在心中提纯的过程。每个人的一生中充满了美妙、温馨和梦幻，同时也贯穿着纠结、矛盾、失意，以及某种信念的瓦解。比如，一次浪漫的邂逅，一段友情的悬空，一些对死亡的思考……这些后果作用于人的情感中，会对一个人产生不同的影响，甚至能够改变他的初衷，但是这种影响我们是无法统一的，也无法写尽，只有给它概括化地言及一个话头，进而写出自己的个人经验。

"没有人记得这一天了/也不需有人记得这一天了——"从我的真实生活开篇，我不在乎多么平淡如水，没有一个漂亮的起句，但我相信这也是许多人的状况，我们都是普通人，大多数都在忙碌的生活中忘记了自己的生日，当然更不会在意别人记得自己的生日。

接下来，"生命中有山有水，有神的爱/我的心，已超越了这些凡俗小事"。生活从来就是仁者见仁，智者见智，我身边的一些女友，她们的生活很精致，每年要庆祝生日，有时也会埋怨好友忘记了自己的生日，她们会记住 N 多个特殊的日子，如数家珍。而我天生是个粗糙的人，生命中有个大轮廓便好。而这个轮廓便是我经历过的一切生活及结果，并不特指自然山水——不仅如此，还得到了神的祝福，我十分感恩，十分知足。

"还好，没有一根白发来要挟我/还好，我昨天破败的样子没有被今天看到。"前一句写实，后一句隐喻。每一天都是新的，过去的岁月给过我幸福和安慰，同样也给过我泪水、屈辱和落魄，带着过去行走，无疑如同戴着镣铐行走。

这里，败笔出现了——"我走进一家咖啡厅/卡布其诺泛起陈年往事"，乏善可陈，落笔仓促的结果。

在巴音艾力草原

我暗恋过一位骑手。

这些年，我培植屈服的韧性

喂养心中的鹰。

这一段出现了诗歌结构问题，写出来后，我意识到了，前两句在呈现具体事件，脉络纹理还算是清晰，但是直接到了"这些年"便有些突兀，之间缺少了过渡性的诗句，这种过渡性的诗句可以是另一个在生命中有特殊分量的事件，也可以是与时间相关的指代喻体，用以推进下一步的表述。显然我没有做得更好。

"对于过去的岁月，我有降卑之心和不敬之罪。"如果用两句话可以回顾自己的50年，这显然是办不到的，这两句也只是对自己生活态度的一种认定。于我本人来说，有过年轻时的孟浪，有过反叛、冒犯神明之举，但是随着成长、经历和个人信仰的确立，逐渐地认清了自己。

"现在我查看香樟树漏下的光影/我终于可以从容地迈过夏天的门槛。"现在，到了中国古人所说的"知天命"的岁数，过去波澜壮阔的岁月再也无力去经受，宏大的理想太高远，已经来不及去实现，把远眺的目光收回，开始另一种人生，宁静、自足，去校正自己的人生方向，坦然地接受老迈、病痛乃至死亡。生命由绚丽归于平淡，不论你想不想要这种结局。

两千多年前，在古希腊奥林匹斯山上的德尔斐神殿有一块石碑，刻着先哲的一句话："认识你自己。"这不但是一个具有终极意义的哲学命题，也是千百年来人们为之实践而赴汤蹈火的谶语。具体到诗歌写作，它也或多或少地辐射到诗人们的心灵领域，否则，大师们也不会频频地写出反思自我、认识自我的诗歌来。

我把这首诗的标题取名为《生日》，实在是一件不明智的事，它的内涵过于广博，并不是我这个小诗人所能够驾驭的，将来会有改正的机会。这首诗也并不是写在真正生日这一天的，而是提前了许多。

『附诗』

生日

没有人记得这一天了
也不需有人记得这一天了——
生命中有山有水，有神的爱
我的心，已超越了这些凡俗小事。
还好，没有一根白发来要挟我
还好，我昨天破败的样子没有被今天看到。
我走进一家咖啡厅
卡布其诺泛起陈年往事：
在巴音艾力草原
我暗恋过一位骑手。
这些年，我培植屈服的韧性
喂养心中的鹰。
对于过去的岁月，
我有降卑之心和不敬之罪。

现在我查看香樟树漏下的光影
我终于可以从容地迈过夏天的门槛。

作者简介：

　　李南，20 世纪 60 年代出生于青海。1983 年开始写诗，1994 年出版诗集《李南诗选》，2007 年出版诗集《小》，2014 年出版诗集《时间松开了手》。作品被收入国内外多种选本。现居河北石家庄市。

从一束白菊开始

李琦

1996 年的元月，踏着路上的积雪，我走到一家花店门前。犹豫了一下，还是进去了。

卖花的人是个中年男子。夏天时，每天都在早市上卖花。像哈尔滨很多工人一样，他下岗了。这个人厚道、老实，手脚有点笨。递给你花的时候，他好像总有一种抱歉的意思。这样的人做鲜花生意，让人觉得有点不和谐。可是，从他那儿买花，又有一种放心的感觉。

我走进花店，窗外大雪纷飞，窗内鲜花盛开，各种各样的花如粉黛裙钗，让人想起窈窕的身段和粉嫩的美肤。尤其是那些镶了各色花边的康乃馨，俏眉俏脸，像一群写娇滴滴散文的女作者化过妆后正在开笔会。

店主早认识我。他知道我每次都是买玫瑰，就低下头去为我挑选。被叫作"红衣主教"的玫瑰，总是放在显眼的位置。温润的花瓣，沉静的红，气度雍容。玫瑰就是玫瑰，它让人想起最好的绸缎，想到深红的幕帏，想到经典的爱情。

它无须镶什么边儿，在不动声色里，独守尊贵。

可我那天不想要它。我走进这家店前甚至都没想买花。新年没给我带来任何崭新的感觉，我觉得仿佛是被谁推进了新年。静静地望了一眼玫瑰，它淡漠，我也淡漠。像稀饭小菜前摆一副刀叉，我们互相配不上。

忽然看到了尚未插进花桶中的一片素白——用纸裹着，像一堆雪。白菊花！我的心，动了一下。

这白菊，显然是寂寞的。主人甚至忘记了它，就如所谓诗坛有时会忘记真正的诗人。可生性高洁的花，在一片五彩缤纷中，竟欲挺身而出那样，于无声处散发着一种洗尽铅华之美。它被冷落在房间的一角，还是忍不住要开放。平淡、无邪、不声张。纤秀的花瓣与其说是一瓣瓣，不如说是一条条。那种安静和从容，那种如白衣少女般的纯净，那种抒情的气质，真是好啊。

在此之前，我从未买过菊花，我甚至不知道自己喜欢菊花。菊花太常见了，它不名贵不稀有，容易被人忽视。我欣赏花的眼睛，原来已经沾上灰尘了。

我要了花店那天所有的白菊花，我领它们回家。店主帮助我用好几层纸包好，外面北风呼啸，怕冻坏了花。抱着白菊回家时，我一下想起从前，女儿小的时候。她要到外面去看雪，我也是这样，细心把她包好，而后抱着她，走进清冷而明朗的冬天。我记得，透过花毯，我闻到只有孩子才有的那种淡甜的奶香。被紧裹在毯中的孩子望着刚认识的冬天，她美丽的眼睛是蓝的。我真愿意一生都那样怀抱婴儿走下去。这样一想，鼻子有些酸。怀中的鲜花，真就像我小小的孩子了。

白菊就像懂我的心一样，开始在我的每个房间绽放。我从莫斯科带回的水晶花瓶、古朴的木雕花瓶、粗陶罐，都捧起了一片美丽雪白的激情。花瓶与花，就像跳芭蕾的男子，正托举起不染尘埃的少女，一切相得益彰。新年忽然在这里找到了感觉，我感到了一种崭新的快乐。我的1996年，从这里开始了。

诗歌就这样来了——

一九九六年/岁月从一束白菊开始——

室外，零下28摄氏度的严寒；屋内，白菊花怒放。怒放的"怒"字真生动，花开得真像生气一样。那么强烈，不管不顾的样子。每一个花瓣都使劲地舒展，就像是想飞。

贞洁的花朵/像一只静卧的鸟/它不飞走　是因为它作为花/只能在枝头飞翔

白菊花给了我灵感。它不留余地地绽放，非要把自己完全打开。这种单纯和热烈，这种一往情深，多像诗人。

花儿到底是为什么开放呢？它是为自己，这是花的本性。就像诗人写诗，为什么呢？也是为自己。花儿的心，诗人的心，都具有特殊的灵性，都有一种皎洁、一种孩子气的任性，一种徐徐绽放之美。

我就在菊花身旁，一气写下了这首《白菊》。我庆幸自已写下了这首诗，它的写作过程提升了我。我用一首诗，为自己留下了一个大雪飘飞、白菊怒放的瞬间。

人亦如花，各不相同。有的镶着花边，有的五颜六色，有的朴素无华。对于诗人来说，写诗，就是一种自我开放，无论是在店堂的中央，还是在安静的角落。

一生一句圣洁的遗言／一生一场精神的大雪

白菊开放，雪花飘飞，诗人回到诗歌里面，一切，自然而然。

『附诗』

白菊

一九九六年
岁月从一束白菊开始

每天，用清水与目光为它洗浴
贞洁的花朵
像一只静卧的鸟
它不飞走　是因为它作为花
只能在枝头飞翔

从绽开之初我就担心
它打开自己的愿望那么热烈
单纯而热情　一尘不染
它是否知道　牺牲已经开始

我知道花朵也有骨骼
它柔弱却倔强地抒情
让人想起目光单纯的诗人
开放
这是谁也不能制止的愿望
从荣到枯
一生一句圣洁的遗言
一生一场精神的大雪

今夜我的白菊
像个睡着的孩子
自然松弛地垂下手臂
窗外　大雪纷飞
那是白菊另外的样子

作者简介：

李琦，女，汉族，1956年出生于黑龙江省哈尔滨市。著名诗人，当代女作家，文学创作一级。1979年毕业于哈尔滨师范大学中文系。1974年后历任哈尔滨第八中学教师，哈尔滨体育学院中文讲师，《北方文学》杂志编辑、副主编，黑龙江文学院院长。黑龙江作家协会主席团成员。20世纪70年代开始发表作品，1985年加入中国作家协会。现供职于黑龙江省作家协会。

我听到乌鸦在歌唱

李小洛

一个人是怎么写下一首诗的？

其实我也经常思考这个问题。2006 年 5 月"十佳女诗人"评选在济南颁奖的时候，《济南都市女报》曾对我们十位女诗人每人问了相同的 6 个问题，其中一个就是：如果不写诗，你会去干什么？诗人和普通人有什么区别？你和别人又有什么区别？

我当时的回答是："这个问题如果改成'在干什么之余，如果不写诗，你会去干什么？'我想可能会更便于回答。"诗歌是心灵的事情，我想它和我们的职业和我们大多数的身体行动都不具有必然的联系，自然，也就不存在取舍的必然关系。当我写下一首诗的时候，我往往是没有一种"干什么"的感觉，而我在写诗的时候，也很少知道那些不写诗的人在干什么，所以，这个问题应该是一个我目前还回答不了的问题。诗人和普通人能有什么区别？难道诗人不是普通人？我和别人的区别，我认为应该是我是我，而别的人是别的人。

诗人在写诗的时候，并不知道自己之外的人在干什么。诗歌之于诗人，和生活之于每个人都是一样的，并没有严格意义上的区分。有的人在喝酒，有的人在散步，有的人在写诗，这都是一样的活动和行为。

　　写诗，其实也并不是诗人才有的专长，甚至不仅仅是人类的专长。一群从秋天飞过的雁，你会吃惊地发现，它们排列的行列竟然是诗歌的长短句；纷飞的大雪，原来是从诗行里散落的洁白的字符。万物生长的春天是一首诗，春夏相交是一首诗，秋天的树叶是一首诗，雪地一串远去的脚印也是一首诗。诗人们只是大自然的翻译者，上帝抽象概念的感受者。而诗歌的种子却是在我们很小的时候，甚至刚刚生下来，就伴随着我们一起来到了这个世界。

　　小时候，曾在乡下和祖父母生活过一段时间。我的爷爷是个不折不扣的讲故事高手，每到夏夜，明月当空，繁星满天，忙碌一天的爷爷从地里回来，吃过晚饭，洗漱完毕，换上干净的衣衫，坐在院子里的石桌边，我和表弟妹们知道爷爷说故事的时间到了。赶快端个小凳子围拢在爷爷的身边，听他讲动物的故事，植物的故事，讲神话，也讲鬼怪。有时候，讲着讲着，天空划过一道流星，爷爷就说，那是地上又有一个人离开了我们，一个人离开，一盏灯就熄灭了。有时候竹林里想起乌鸦的叫声，爷爷就说，村子里可能又要死人了。当时年纪小，并没有记得去追问爷爷这其中的关联，而常常是在听到死人这些惊悚的字眼时，便一惊而散，各自逃回到自己母亲的身边去了。到下次再讲，又都忘了曾有过乌鸦这么一回子事。

一晃，到我 2005 年写下《一只乌鸦在窗户上敲》这首诗的时候，时间已经过去了数十年。我的爷爷已经作古，他离开的时候，我不知道天上是不是也有一颗星星伴他而去，房前的竹林是不是提前也曾有过乌鸦的哀鸣。犹如神谕，当我在键盘上刚刚敲下"乌鸦"这两个字的时候，和爷爷有关的童年记忆竟然在这一刻全部复活。乌鸦作为一只哀伤的灵性之鸟，带着冥冥中爷爷的晓谕从我的夜空飞过。

我们平常说，乌鸦是个倒霉的鸟，生活中我们经常说某某人不会说话是有张乌鸦嘴。乌鸦在夜里叫，我们就说，丧门星一叫，又要死人了。但是你试着想一想，为什么是乌鸦的不好呢？乌鸦说什么，我们真的听懂了吗？也许因为先知先觉，乌鸦已经提前知晓了人的生死，它比别的生灵更能提早嗅到死亡的味道，所以它才会在夜里敲着窗户，想告诉那些被死神圈点的人在夜里看好自己的影子，不要走夜路，不要离开一盏灯太久，但它的好意却并不被这些人所领会，他们没有人理它，也没有人听它的，他们用树枝、石头驱赶它。

就是在最后，死亡真的来临，那些人不得不去死神那里赴约的时候，他们还是抓住乌鸦的羽毛，爬到了它的脊背上，这些过惯了享乐生活的人要最后一次抓住享乐的翅膀，抓住乌鸦，飞着去天堂。于是那只乌鸦就背着他们往前飞，从沼泽、荒草上往前飞，没有人知道它最后要去哪里，没人知道它最后的巢穴在哪里。

当初上帝在造乌鸦的时候，也没有考虑过其他的颜色。是的，乌鸦生下来浑身漆黑。但又有谁知道，难道它不希望自己的母亲是金光闪闪的凤凰？我们人又何尝不是这样，那些生在贫穷大山里的孩子，难道他们不知道生在皇城根、生在官宦世家会生活得更舒服、更美好吗？但他们有的选择吗？他们是没有办法选择的。"乌鸦"不可能选择自己的身世、童年、少年，就是在他长成一个年富力强的"青年乌鸦"即将踏上工作岗位的时候，这个时候，也没有发一张表格给他，想起来要问一问他：一只"乌鸦"的理想是什么。

一个人，个体的生命总是那么渺小。一个人在生活的潮水中随波逐流，自生自灭。除了自己的亲人，谁还会对这样的一叶小舟，一个个体生命的消逝和存在有着过多的理解和关注呢？有的人一生，其实就和乌鸦一样，直到死，都在被人曲解、误读着，我们说谁谁是个坏人，可耻的人，他干什么都不像是一个光明正大的好人干的事情。但又有谁真正走进过这个坏人的内心，去正确地解析他呢？没有，一只乌鸦的一生，是命中注定的，它就是一只乌鸦的一生。一个人的一生，也同样如此。

『附诗』

一只乌鸦在窗户上敲

一只乌鸦背着影子
在天上飞
没有人知道它引领的亡魂
那些影子
足以压垮一只乌鸦的重量
他们只知道
乌鸦的沉默

一只乌鸦在窗户上敲
它告诉那些睡在夜里的人
要看好自己的影子
不要让他们走夜路
也不要离开房间，离开灯盏太久

没有人理它

也没有人听它的

他们用树枝、石头驱赶它

他们把它叫作乌鸦

只有那些被上帝圈点过的影子

在最后的夕光里

抓住了它的羽毛

爬到了它的脊背上

这些过惯了享乐生活的人啊

他们要最后一次抓住享乐的翅膀

抓住乌鸦，飞着去天堂

而那只乌鸦

就背着他们往前飞

从沼泽、荒草上往前飞

没有人知道它最后要去哪里

没人知道它最后的巢穴在哪里

当初上帝在造它的时候

也没有考虑过其他的颜色

没有在后来分配工作的时候

发一张表格给它

想起来要问一问它

一只乌鸦的理想是什么

所以，一只乌鸦的一生
就是命中注定的
就是一只乌鸦的一生啊

作者简介：

　　李小洛，20世纪70年代初生于陕西安康，学医，绘画。2004年开始发表诗歌作品，曾参加第22届青春诗会、第六次全国青创会，就读第7届鲁迅文学院高研班，获第三届华语文学传媒大奖提名、第四届华文青年诗人奖、郭沫若诗歌奖、柳青文学奖，新世纪十佳青年女诗人、中国当代十大杰出青年诗人，首都师范大学2006年度驻校诗人，陕西百名青年文学艺术家等奖项和称号。中国作家协会会员，陕西省作协理事，陕西文学院签约作家，安康市文联副主席，安康市作协副主席。著有诗集《偏爱》，书画集《水墨系》等。

我与"铁"最美的一次相遇

李轻松

回想起来，我是如何与"铁"相遇的，我真的有些恍惚。它是我存留在心底的乡土故地，还是我幻想的神秘所在？它是我的情感碰撞，还是我的意志交锋？2001 年夏天，我携带着我呼啸的爱、淬火的心，与铁诀别般相遇，瞬间就迸溅出了火花。

找到铁，正是应和了我内心潜伏已久的那种期待，就像我在诗中写的那样："我每天推开生活这道门／与平庸相撞／而我抗拒的方式却是越来越少。"而铁就像一股激流，一旦被某种激烈的事物所唤醒，它就会势不可挡地奔流出来，它足以越过所有的障碍而恣肆汪洋。

打铁的场面其实就是一次生命的狂欢，铁与身体、铁与铁、身体与身体，它们互为知己与敌手，互为琴瑟与倒影，在融合中对峙，又在对峙中融合，我被这样的美景攫取，或者我就是其中的美景。

铁是一种物质，更是一种精神，没有什么可以像铁这样丰富多彩，像打铁这样具有多重的象征意味。

找到它其实就是天意。

铁就是乡土中国中最为原始的遗存，打铁就是被我们这个时代所忽略的原生态手工技艺；它既是工业文明的第一道曙光，同时又沾染上对已逝时光的深切感怀；它既是我的个人化的灵感闪现，也是一代人的集体记忆。它本身就是欢乐与伤痛、就是美与力量、就是残破与更新、就是死与生最为贴切的隐喻与暗喻。当我的人生经历了起伏跌宕，当我的精神经过了无数的破碎与重塑，那么我与铁的相遇就再自然不过了，仿佛它一直等在那里，等着我两手空空满心疲惫地投奔它，在一场水火交融之后，再重新成为一个崭新的生命。

现在回过头来看，如果非让我找到铁的意义也不难。

铁，它是那么熟悉又那么陌生，它几乎是我童年时代乡村记忆中唯一的工业象征。长大之后，我知道它就是一道伤口，一种迷人的痛。大概出于我对平庸生活的深刻厌倦，我时常会重温那激情荡漾的场面，把那些空虚无聊、那种堵，都逼出来，不吐不快。没有比麻木更可怕的了，我们的钙质日益流失，我们的精神日益疲软。这都让我回忆起铁，心被微微刺痛。它曾经离我很近，以后又离我很远，现在我要找回它，却已隔了不知多少年。

很多时候，诗写得久了，容易疲惫、苍白，我急于找到一种具体的物质，可以让它替我开口。也许是铁等待已久，也许是铁从未抛弃我，等我想用的时候，它就神奇地来到我的手端，就涌出了泉水，就汇成了河流。我写铁写得快乐无比，它太符合我的人生哲学与人性思考了，仿佛我与铁从来就是一体。

铁在我笔下从来都是活的，是会发声会呼吸的，我与它的恩怨情仇、生死爱欲就像一出戏剧，有开始有高潮有结束，有情节有故事，有画面有色彩，它拓展了我的结构能力，极大地提升了我诗歌中的戏剧空间。它意外地使我的诗歌有了起承转合的节奏，它几乎就是戏剧本身。

能够找到铁是我的幸运。原来我对打铁这门技术是如此的熟知，可惜我竟然放弃了那么久。在情感的层面上，它代表爱，而且是深入骨髓的爱，是那种销魂时刻的最好隐喻。打铁就是一种破坏与重建，就是心领神会且如入忘我之境。在诗歌的层面上，它是碰撞。只有在那种火花飞溅时，那种哧啦一声撕裂时，我才会感到我遇到了对手，我才会被唤醒被激发出潜能，那些我平时做梦都没梦过的灵感会突然闪现，犹如神来之笔，令我心驰神往。而在精神的层面上，铁就是我们的故乡。它沉默无言地成为我们的底色，粗糙、深情、饱满、坚忍。我一直认为故乡并非单纯是地图上的一个标志，或者是我们曾经生活过的一个地方，它更是一种灵魂的属地。我归属于铁，那么铁就可以代表我的故乡。我觉得再也没有一种东西能像铁那样坚韧、有力、温情四溢又强大无比，像一幅旧日时光的剪影，牢牢地映在心灵的底片上。

我的诗歌创作经历持续了30年，面对流派林立、立场多元的诗歌现场，我且写且慎重，其中铁的性格帮助我保持着独自的立场与个性。铁同时也是一把手术刀，它深入到人性深处，在精神的谷底探索独立的心灵世界。我曾沉醉于陌生而混沌的微观世界，我的心灵暗合着东方美学的诡异色调。

我着重于自己的主观色彩，语词间的建设、永远的诘问和非常规思维的组合，而我找到铁时，它使我那些具有幽深的原生态经验得以展露无遗。

铁又如一座奇诡的迷宫，变幻无常，酣畅淋漓。从最质朴清晰的白描式的絮语到最前卫的迷离扑朔的梦呓，从舒缓的抒情柔板到最原始的情绪宣泄，都饱含着血液与体温的浓度。我要"铁"那种激情、富有生命的活力、力度和光彩；我要铁那种先锋姿态而拒绝平庸、萎靡；我要铁那种对汉语的输血能力，突破规范、打破常规的极度自由；我要铁那种身心的舒展与贯通；我要铁所构建的伟大的精神世界，超越性别的局限，到达更加广阔的天地。

快 15 年了，我断断续续地写着属于我的铁。每一次的写作都像一次打铁，每次打铁，我与铁都改变了原来的模样，都会得到一次升华。我与铁重建了我的自然河山及思想河山，它自身携带的血性基因，一直给我的创作输血，让我能够保有自然与本能的原生态，摆脱一些所谓"文明"的困扰与束缚，不断地激发我生命的潜能，带我去赴一场生死之约。事实上，每隔一段时间，铁就来到我的内心，我们就打一场天翻地覆的铁，那是又一次的锻造、淬火与拯救，也让我所有的沉渣全部泛起，深情地拥抱那朴素的心灵属地，壮美，开阔，幽深。

铁是存在的，也是我想象的。我从不把想象排除在现实之外。它又冷、又热、又软、又硬，几乎涵盖了我们生活的方方面面。所以有话就跟铁说，它从不戴面具，也不用思想发言。作为打铁的人，只需用手艺说话。

『附诗』

铁水与花枝

铁如此俊朗，花枝如此羸弱

清晨的地平线口含珠露

吐出如铁的旧貌，和似花的新颜

水泽里的鱼儿只望一眼，

七秒钟的记忆与眷恋

转瞬便成为前世——

我粗粝的铁，硬，坚硬

也能爆出炽烈的天真

我柔软的花，水，水灵

都生在枝节之外

我的境内，花与铁的混合

谁创造了这段艺术的距离？

如此陌生，禀异，我的嫁接术

无形的香啊！余香，包含着铁的腥气

让我微醺地走在人间吧!
莫名,无我,陶醉。我的哲学阐述
花与非花映照,铁与非铁相斥。
而我的笔触不到的苍茫
铁水已缠绕了花枝
花枝已被铁水淹没……

2015. 1. 20

作者简介：

　　李轻松，女，生于 20 世纪 60 年代，毕业于中央戏剧学院，在精神病院工作 5 年。20 世纪 80 年代开始诗歌创作，出版诗集《垂落之姿》《李轻松诗歌》《无限河山》，并参加第 18 届青春诗会，荣获第五届华文青年诗人奖、《诗刊》社年度优秀诗人奖、《诗选刊》年度最佳诗歌奖等，首都师范大学驻校诗人。20 世纪 90 年代开始小说创作，著有长篇小说《花街》《心碎》《大西迁》等，所写小说曾多次荣登图书排行榜。曾在《南方周末》开设个人专栏，出版散文随笔集《女性意识》《行走与停顿》，诗剧《向日葵》、话剧《春江花月夜》（合作）、京剧《明月与子翰》（合作）等，另有影视作品多部。现居沈阳，一级作家，职业编剧。

故乡词

——一首诗的诞生

杨方

没有埋葬过亲人的地方，不能称之为故乡。不知道是谁说出了这句让我心疼的话。

2015 年春天，父亲离世，埋在了乌鲁木齐一片洒满阳光的墓地里。父亲生前从没有在乌鲁木齐生活过，之所以选择一个陌生的地方作为归宿，是因为弟弟在昌吉，这样，死去的父亲能够离弟弟近一些。母亲在父亲去世后也搬去了昌吉，伊宁市胜利巷的那套房子卖给了一个陌生的维吾尔人。从此，伊宁似乎与我再无关联，我不知道回到伊宁我还能去看谁，还能推开哪扇门，安放我疲惫的身体。满大街的人，都与我擦肩而过，都和我毫无关系。而没有了父亲，整个伊宁成了一座可怕的纪念馆，斯大林街，胜利巷，巷子里高大的白杨，白杨树上的月亮，都成了纪念馆里的遗物，都在提醒我父亲曾经在这里陪着我长大，现在我已经失去了他。我不知道没有父亲墓地的伊宁，算不算故乡。故乡这个词，是否随着父亲的死，尘土一样被大风吹到了天上。从此我走在一条条路上，但所有的路都不再通往故乡。故乡被父亲带到了另一个地方。故乡原来像月光一样不可靠。

想到这些，心里无限的凄楚，如果时光可以回转，我不奢求更多，只求回到 2012 年，那一年白雪覆盖着世界，父亲坐在胜利巷温暖的房子里等我，而我正从东到西穿越半个亚洲，一点一点向故乡靠近。我向北的途中，候鸟正往南飞，群羊正回到冬窝子，它们从一座山上下来，穿过公路，去往另一座山。那只带头的山羊，有着令人惊讶的傲慢，对人间的事物漠不关心。大草原不允许一只山羊长出翅膀，但一只山羊充满质疑的脑袋可以长出犄角。我惊诧这么多生命，集中在一起，被这样一只山羊带领着，回到世界的原处，它们像一些蓬松的事物，脸上一律保持着做梦的表情，全然不理会汽车喇叭的鸣响。好像回家的路是它们的，我这个同样赶路回家的人，被它们挤到了路边。我只能让路于它们，眼巴巴地看着它们回家。这时候诗歌的旋律在心里一遍遍响起："我还没有回到我的故乡／我还没有回到苹果园，斯大林街，胜利巷／回到琴弦上的十二木卡姆／葡萄藤须上的籽实，哈密瓜的瓜秧。"路途中没有纸，我用铅笔在随身所带的书上潦草地写下了这些诗句。当我写到"万物灵动，幼畜初生"，那群羊已经从我眼前飘向了天边。

果子沟是我每次回家时的必经之路，从乌鲁木齐出发，一路西行，经过戈壁中荒凉的五台、四台，然后是赛里木湖边的三台。这里是天山山脉隆起的边缘，有零星分散的哈萨克人和蒙古人在山下居住。而赛里木湖像是时间的湖泊，呈现出墓地般的沉静。每次走到这里，赛里木湖的蓝一下子在我面前铺展开来，它太像一个幻影，太阳、月亮、星星，云朵以及危峰耸立的雪峰，从不同角度、不同高度照耀着湖面，天庭的光泽与水光相辉映，湖仿佛是一个面积巨大的神话，我看见它的一部分的时候，它的另一部分正在失去模糊的界限，正在一点一点融入蓝色而低垂的天穹。而我身在其中却不着边际，仿佛被什么东西卡在了那儿，进不得退不得。我怀疑自己不是走在回家的路上，而是旅行到了天上。冷冽的风吹走了熟悉的一切，包括前方的道路、我将要去往的城市和居住的胜利巷。作为一个路过此地的人，我不可能对一座湖知道得更多。赛里木湖应该是曾经征服此地的蒙古人的语言，意思是山脊梁上的湖。清代在湖的东岸曾经设立鄂勒著依图博木军台，军台即三台，位于古丝绸之路的北道。此去西行，即进入飘带一样的果子沟，路途中有二台可供休息。许多人在此丢鞭，弃马，喝一碗奶茶，抽一根莫合烟，然后再继续上路。

　　果子沟的风景多少年从没有变过，当车进入天山，迂回在深长的果子沟，我总是看见纵深之处，石壁上的狼毒花在风中闪现，红叶小檗成串的果实被明亮的瀑布溅湿，羽衣草柔弱的叶茎朝着风向弯曲，前方九十度拐弯的地方突然出现的巨石仿佛世界的心脏矗立在那里，接下来开始变得和缓的山坡上，向阳的地方生长着成片的野山楂树和野苹果树，而灌木丛和矮树林则在背阴的地方混杂生长。雪线之上，是整齐的西伯利亚红松林。出了果子沟，就是伊犁广阔的田野，大地向西倾斜，薰衣草连接着天上的云霞。如果是冬天，果子沟是可怕的，曾经有人因为大雪封山冻死在车上，也有人遇上雪崩，整部车被埋在雪里。有一年学校放假，我从乌鲁木齐回伊犁，遇上大雪，果子沟封山，车进不得退不得，又冷又饿，几近绝望。有一刻以为自己会冻死在果子沟，思维几乎冻僵的情况下，迷迷糊糊地想，这果子沟是否就是自己的葬身之地。后来我一直怀疑自己曾瞬间被冷冻又解冻，死而复苏之后，我回故乡即是回到前世。我走出果子沟，即是穿过狭长险峻的通道，再一次看见轮回和光亮。果子沟那条飘带一样的盘山公路，在我心里，实则是一条通往灵魂归宿的路。

在这里，我想让时间再一次回到 2012 年，那时候我还没有丢失掉故乡，那时候啊，父亲还在，胜利巷还在，我还走在回家的路上，我正穿过纵深的果子沟，抬头看见天山山脉最高的峰顶，只有时光耸立在那里，只有明亮的风吹拂着那里。我邻座的锡伯族青年，递给我一个新鲜的苹果，他微笑的眼睛像山冈上闪烁的星星。他向我说起他所居住的纳达旗牛录，说起伊犁河对岸田野里他种植的蓝色胡麻和秋天的甜菜，说起他院子里的苹果树、他的叮当作响的马车。他说回故乡啊，就应该赶着那样的大马车，一路喧哗着扬起尘土，800 里之外的老父亲也能听见你回家的动静。而当马车在家门前停下，不等你按响门铃，父亲已经站在门口等你了。我怀疑这个锡伯族青年的农民身份，他的语言，分明就是一个诗人，他的粗呢子大衣皱皱巴巴，他的围巾垂挂下来，当我感觉到冷的时候，他脱下大衣递给我。我裹着那件散发着莫合烟气味的大衣打开书，在晃动的客车上用铅笔在书的空白处写下他的纳达旗牛录，写下诗歌的结尾："他的眼神像挂在贴木里克山冈上蓝光闪烁的星星/很多时候，我怀疑自己已成为隆起山梁的一部分/那么地接近，一生都可以望见，一生都不能到达。"

我合上书的时候，他不知道我已经在我的诗里写下了他。他不知道他成了我诗里的一部分，成了我故乡温暖的一部分。我庆幸自己没有买到从乌鲁木齐飞伊宁的机票，我庆幸自己临时上了这趟疲惫的长途客车，庆幸座位旁坐着这个美好的锡伯族青年。下车后，他远去的背影肩膀宽阔，让我想到一座隆起的山梁。

2012 年，我推开胜利街的家门，看见父亲坐在一楼的客厅，茶几上摆满了我喜欢的零食。我在父亲身边坐下，一只手忙着往嘴里塞苹果干，一只手打开书，写下这首诗的题目。时间在这首诗的题目上停住，父亲永远坐在那里，我永远坐在父亲身边。而这首诗，永远潦草地留在一本书的空白处，还不曾被人读到。

『附诗』

我还没有回到我的故乡

日落时分总是很忧伤

一天的结束，仿佛是一生的结束

甚或一个世纪的结束

秋天也是，像万事万物的一个完结

候鸟回到南方，群羊回到冬窝子，世界回到原处

但我还没有回到我的故乡

我还没有回到苹果园，斯大林街，胜利巷

回到琴弦上的十二木卡姆

葡萄藤须上的籽实，哈密瓜的瓜秧

我还没有回到一条大河的上游

在那里，一切刚刚开始

万物灵动，幼畜初生

我还没有回到一座山脉最高的峰顶

那时光耸立的峰顶，只有明亮的风在那里

只有霹雳，雷电，雨雪，冰雹，只有行星和恒星
我还不曾被白雪，山岚，瀑布，流云所感动
我还走在裸露的平原，山川和盆地

空荡荡的马车，命运之轮
像衰老一样缓慢，像死亡一样缓慢
我还没有在宿命之国，彩虹之门
在一个叫纳达旗牛录的荒凉小镇
遇见一位陌生的锡伯青年
他的眼神像挂在贴木里克山冈上蓝光闪烁的星星
很多时候，我怀疑自己已成为隆起山梁的一部分
那么地接近，一生都可以望见，一生都不能到达

作者简介：

　　杨方，1975 年 12 月出生于新疆。出版诗集《像白云一样生活》《骆驼羔一样的眼睛》，小说集《打马跑过乌孙山》，有小说入选《中篇小说选刊》、2012 年《中国中篇小说精选》，获《诗刊》青年诗人奖、第十届华文青年诗人奖、第二届扬子江诗学奖，首都师范大学 2013—2014 年驻校诗人。

好比山鲁佐德通过讲故事来活命……

沈苇

《对话》写于 2009 年 9 月，"7·5"事件发生后不久，是《安魂曲》（下）中的一首。这几年，每当新疆出现问题，就有不少网友通过微博、微信等自媒体来传播它。这些网友我不认识，是诗的"隐形读者"。《对话》触动了他们，给予他们共鸣和慰藉，我想，是因为它传达了一种刻骨的悲伤和忧虑，同时包含了对绝望的超越，以及寻求和解的努力。"我不站在这一边／也不站在那一边／只站在死者一边"，结尾三句，是人们引用最多的。当隔阂与仇恨的负能量在内心滋长的时候，让我们想想那些无辜的难于瞑目的死者吧。

诗是什么？诗是"为亡灵弹奏"，是现世关怀；诗是化解仇恨的一种力量，是超越种族之爱的人类之爱。诗，从未阻止过一把砍刀、一辆坦克，但人类所有诗篇凝聚起来的正能量，比砍刀锋利，比坦克勇猛。

5 年过去了，"7·5"并未过去，它的阴影依旧停留在这片受过巨大创伤的土地上。作为在新疆生活了 20 多年、自认为已融入这片土地的一位新移民，我突然感到了失语——为人类在和平年代里发生如此惨剧而感到震惊和羞耻的失语。四周话语总弥散着简单空泛、口径统一的愤怒和谴责，怒火无法平息，伤口一再被撕裂。内地人热爱新疆，但当审美化的"消费之梦"破灭的时候，则将"边疆"视为"麻烦"的代名词加以紧急删除。

问题是：仅有愤怒和谴责就够了吗？我相信是远远不够的。还有一个问题是：诗歌能成为治愈创伤的有效手段吗？我相信是可能的，也是"是的"。今年"5·22"之后，问题和危机又来了——佩索阿的心"略大于宇宙"，而我的忧虑已大于我的心。很长时间，几乎无法写作，难于写下哪怕是一行诗。我越来越感到，"新疆问题"已是一个心理问题，人民的心理得不到疏导、善待、安妥，边疆将永无宁日。而心理问题，要用心理的方法来解决。诗，必须站在心灵的至深处，站在忧虑与反思的起点上。

几年来，我一直在反省自己的写作，以诗和散文的方式言说"新疆"。在攸关性命与未来的时刻，诗中的"我"已变得渺小、虚弱而可疑，"风景"之后应该是"人"，正如"地域巡礼"之后是"旷野呼告"。我相信存在一种超越了"这一边"与"那一边"之界限的诗，相信"他者自我化""自我他者化"生成过程中"自我"的新生；我相信一种"一体同悲"的诗，相信"绝对的人道主义"仍是诗的现实目标。所以，"7·5"之后，我全部的写作可归入"安魂曲外编"和"对话系列"——安妥亡者之魂，对话创伤之心。

令人感到欣慰的是，在这片受过创伤的土地上，在紧张而不失从容的日常生活中，每一个新疆人都学会了思考，每一个普通民众都成了"民间思想家"，这说明，与暴恐的突发性相对应的，是民间社会的日渐沉稳成熟，以及一种理性力量的惊人生长。每当新疆发生暴力事件，我生活的首府，就有许多从未写过诗的市民开始写诗，他们当中有公务员、学生、医生、出租车司机、商场营业员等，他们像一个个感应器，书写着最真切的情感和感受，以诗的方式抵御内心的危机和灾变。时常，我感到自己是他们当中的一员。

诗是对失语和遗忘的拯救。我想起耶胡达·阿米亥的诗句："犹太人向上帝大声朗诵托拉，/年复一年，每周一段，/好比山鲁佐德通过讲故事来活命。"犹太人用《摩西五经》向上帝朗诵、呼告，新疆人用"思"与"诗"来诉说创伤、祈祷安宁，"好比山鲁佐德通过讲故事来活命"。

『附诗』

对话

——你来自哪儿？

"我不是南方人，
也不是西北人，
是此时此刻的乌鲁木齐人。"

——你有什么悲伤？

"我没有自己的悲伤，
也没有历史的悲伤，
只有一座遗弃之城的悲伤。"

——你想说点什么？

"有形的墙并不可怕，
可推，可撞，可拆，可炸。
无形的墙却越升越高……"

——你站在哪一边？

"我不站在这一边，
也不站在那一边，
只站在死者一边。"

作者简介：

　　沈苇，1965 年生于浙江湖州。大学毕业后进疆，现居乌鲁木齐。著有诗集《沈苇诗选》《我的尘土 我的坦途》《在瞬间逗留》等 8 部，散文集《新疆词典》《植物传奇》等 7 部，评论集《正午的诗神》等 2 部。诗歌和散文被译成英、法、俄、西、日、韩等 10 多种文字。获鲁迅文学奖、刘丽安诗歌奖、柔刚诗歌奖、十月文学奖、花地文学榜年度诗歌金奖、华语文学传媒大奖、李白诗歌奖提名奖等。

多余的话

——由《在希尔顿酒店大堂里喝茶》引发的断想

苏历铭

写诗以来，我一直重视穿越文字本身，通过典型的细节或场景，呈现隐含其中的思考。每一个诗人都有不同的立场和角度，我的表达侧重于关注周边的事物和个人的生命体验。或许是生活经验的不同，都市的日常生活一直是我诗歌写作的主要对象，把貌似毫无诗意的时代经验写成诗，有时是难为自我的事情。

我相信"一切都可以入诗"的论断，从任何一个客观事物中选取场景或情节，通过朴素语言展现所需的细节，再把诗意植入其中，让其最终放宽至个体生命以外，或许就是我个人的所谓技巧。透视社会、洞悉人心，展现个体生命的忧患、悲悯和情怀，同时又不丧失诗人的反叛精神，是我近期诗歌写作的自觉认知。

诗人是最不应该被潮流裹挟的，必须要有自己的立场和自信，不能屈从于权贵和不公平，也不能轻易拜倒在层出不穷的新诗说和一个个光鲜名字的脚下，要坚持自己的写作方向和独立品格。

《在希尔顿酒店大堂里喝茶》等一系列诗作都与我从事的投资银行职业有关，我努力从缺失诗意的平常细节中找到表达诗意的出口，在物欲横流的世道里找寻温暖的寄托，在对抗黑暗的同时又不成为黑暗本身。

我享受作为一个诗人的安静状态。安静或许会让人寂寞，它要求诗人远离现世功利性的诱惑，把心灵还原为一个诗人应有的心灵，否则他完成不了一个诗人承担的使命。对于真正的诗人来说，安静是一种不可或缺的品质，不相信一个优秀诗人总是热衷于交际和谈话的人，更不要说相信其是热衷于各种炫目的活动和事件的人了。诗人最终都是要靠文本说话的，安静写作能带来足够大的空间和足够长的时间，能够与生活拉开距离，认真审视自己所要表达的想法，进而才能深刻诠释内心真实的意图。

一个诗人的本质不依赖于外部的环境，而只依赖于他自身的观察和思考，以及他的立场和角度。进一步说，是他灵魂的指向、灵魂的内在态度，这种内在的本性是不容扰乱的，是需要足够清醒和真诚的，是用心完成作品中的每一句话、每一个词。

『附诗』

在希尔顿酒店大堂里喝茶

富丽堂皇地塌陷于沙发里，在温暖的灯光照耀下
等候约我的人坐在对面

谁约我的已不重要，商道上的规矩就是倾听
若无其事，不经意时出手，然后在既定的旅途上结伴而行
短暂的感动，分别时不要成为仇人

不认识的人就像落叶
纷飞于你的左右，却不会进入你的心底
记忆的抽屉里装满美好的名字
在现在，有谁是我肝胆相照的兄弟？

三流钢琴师的黑白键盘
演奏着怀旧老歌，让我蓦然想起激情年代里那些久远的面孔

邂逅少年时代暗恋的人
没有任何心动的感觉，甚至没有寒暄
这个时代，爱情变得简单
山盟海誓丧失亘古的魅力，床笫之后的分手
恐怕无人独自伤感

每次离开时，我总要去趟卫生间
一晚上的茶水在纯白的马桶里旋转下落
然后冲水，在水声里我穿越酒店的大堂
把与我无关的事情，重新关在金碧辉煌的盒子里

作者简介：

　　苏历铭，1963 年出生于黑龙江省佳木斯市。毕业于吉林大学经济系，留学于日本筑波大学、富山大学，主修国民经济管理和宏观经济分析。投资银行资深专业人士。1983 年开始公开发表作品，著有个人诗集《田野之死》《有鸟飞过》《悲悯》《开阔地》和随笔集《细节与碎片》等。

涌向波斯猫的蓝色和诗句

《波斯猫》是我在 2008 年 1 月 3 日写的，距今已有 7 年多了。我不记得这首诗是在早晨、中午、傍晚还是在午夜写的了，不记得这首诗是在厨房、卧室还是沙发、书桌上写的了，不记得这首诗是在家中随手可拾的纸张、书报还是在电脑里写的了，也不记得这首诗是在这一天某个时间段去菜市、散步还是坐公交车时写的了，或者它干脆就诞生在楼梯扶手上。但可以肯定的是，这首诗的写作日期一直挂在最后，与这首诗的最末一句隔着一个空行的距离。

还可以肯定的是，这种诗的诞生是因为我一直钟爱的那种"冰蓝，或者宝石蓝，或者孔雀蓝，或者色谱中找不到的一种绿（这种绿，在我眼里是蓝绿）"的颜色。

而我对这颜色的喜爱是自童年就开始了。

我的第一双凉鞋是蓝色的。我喜欢的第一个精灵也是蓝色的。我的各种小零碎都是蓝色的。小学时的同桌每年都送我各种蓝的毛线、头绳。尽管我家里的蓝色毛线多到可以织成头顶的天空了，我还是禁不住将各种蓝揽入怀中。

哎，我对蓝色没有免疫力！

是的，《对蓝色没有免疫力》是我2006年6月16日开新浪微博的第2天写的一篇博文。

"今天下午有事上街，顺便逛了服装店。结果买回来的四件衣服中，有三件裙子是蓝色的。那种宝石蓝的或海蓝色的裙子。这些裙子的样式自然是好看的，可在我看来，我更爱的是它们的蓝色。我其实是对它们的颜色着迷。衣橱里已经不下二十条宝石蓝色的衣裙和围巾，可每次逛街，仍会对这种蓝色格外钟情。哪怕我已经是一个宝石蓝色的人了——眼睛发出蓝色的光，头发和手指变成了蓝色的海草，脚也变成了蓝色的鱼尾……我啊，我还是会对它爱得一塌糊涂。"

"记得前几年到大冶开笔会，参观大冶古矿石时，当时在展室里见到蓝色孔雀石时，控制不住内心的喜爱，竟然惊叫（记不清是多少次遇到这种蓝色了，只记得我每次见到它都会如此）。我爱上这种蓝色的年龄是3岁。3岁的夏天，父亲为我买了一双这种蓝色的凉鞋。我每天穿着它，到晚上睡觉时都舍不得脱下来。家人起初都以为我喜欢那凉鞋，后来才知道我更喜欢的是那蓝色。从那开始，我的第一条裙子是蓝色的，第一根发带是蓝色的，第一件首饰是蓝色的……现在连我家的沙发和窗帘，以及厨房的橱窗也是蓝色的，衣服更不用说了。蓝色几乎包围了我的生活。"

"一走出大冶古矿，坐在车上，我就写了一首名为《我生活之外》的诗。2004年参加《诗刊》的青春诗会，它作为组诗《夜晚的秘密》中的一首发表在当年的青春诗会特辑中。"

"比我活得更好，我不知道的/夜幕降临，那内部的光还亮//孔雀石一直在那古矿里/几千年后，我看见的//那蓝色和我命中的颜色/成为姐妹，成为相亲相爱的部分//爱和光一起走进生活/石头也走进来了//成为首饰，像词走进句子/成为含蓄的短语//我生活之外的光与爱/同那神秘的蓝色一同走进来//裹住身子，裹进生活/连毛孔也附着它的柔情//从头发到眉毛，从手指甲到脚指甲/从里到外，改变了光和色//你无法理解，我也不能说出：/颜色怎样成为奇迹？石头怎样成为爱？"

"我知道我还会写有关蓝色的诗，下次写的一定是一首纯粹给蓝色的赞美诗。现在我要离开博客去写了。

哦，那蓝色，不是杜拉的《披巾的那种蓝色》。是此刻我穿的连衣裙的这种蓝色，戴的瑞士手镯的这种蓝色。是那种欧洲的天空和眼睛的蓝色。

嗨，去年去欧洲，恨不能带回一双蓝眼睛。"

当然，我没能带回一双蓝眼睛，但真写过一首以《蓝色》为题的诗——

宇宙：蓝色，星球：蓝色；

天空：蓝色，大地：蓝色；

海洋：蓝色；

衣服：蓝色，头发：蓝色；

眼睛：蓝色，血管：蓝色；

人心：蓝色；

我称之为"印度蓝"的
纱丽之蓝：
我的第一双凉鞋，第一条裙子，
第一件头饰之蓝，第一只手镯之蓝；

我称之为"孔雀蓝"的
孔雀屏之蓝：
我的第一次举足，第一次扬眉，
第一次喜悦之蓝，第一场爱情之蓝；

我称为之"宝石蓝"的
宝石之蓝：
我的第一次登高望远，第一次海底捞月，
第一次羞怯之蓝，第一次疯狂之蓝。

一个人住在蓝色里，一首诗溺死在爱里。

我对蓝色的爱太沉溺了，沉溺到我自己成为蓝色；我写蓝色的诗句太多了，多到我无法统计。终于无穷的蓝色和不尽的诗句像不可阻拦的洪潮在 2008 年 1 月 3 日这一个时间的断面汇成《波斯猫》这样一首诗。与以往任何蓝色不同的是，这蓝色是跳动的、不能摘取却能发出"喵——喵——"之音又能被我反复观赏的"钻石"……

从此，我真正拥有了从来没有真正拥有过的蓝色。因为《波斯猫》替我贮存并养育了神秘的无尽的蓝色与美……

我想说，邻居家其实没有孤独优雅的波斯猫，只有一条欢天喜地的哈巴狗！

我的案头也从没有"两只眼睛望着我"的波斯猫，只跳跃过一只黄褐色豹纹的猫咪多多！

但这些已没有关系，因为世界、人心都是邻居，都有神秘、优雅、沉溺……都有看与被看、距离与防范……

2015 年 9 月

『附诗』

波斯猫

邻居家的波斯猫在楼梯扶手上坐着，
两只眼睛望着我，
两只眼睛——
冰蓝，或者宝石蓝，或者孔雀蓝，
或者变幻成色谱中找不到的一种绿。

这些被我从衣服上爱到诗歌里的颜色，
在别人家的猫眼里。
"喵——喵……"
两粒可爱的钻石陈列在橱窗里……

我并不曾俯身，摘取，或者购买，
但它的利爪抓了我的坤包，
还要来抓我的脸和头发。

正是优雅，或一脸的道德感，
使我们疏于防范。

2008 年 1 月 3 日

作者简介：

　　阿毛，女，做过宣传干事、文学编辑，2003 年转入专业创作，中国作家协会会员。2009—2010 年度首都师范大学驻校诗人。作品有诗集《为水所伤》、《至上的星星》、《我的时光俪歌》、《旋转的镜面》、《变奏》、《阿毛诗选》（汉英对照），散文集《影像的火车》《石头的激情》《苹果的法则》，长篇小说《谁带我回家》《在爱中永生》等。诗歌入选多种文集、年鉴读本。曾获华文青年诗人奖、中国 2009 年最佳爱情诗奖、2012·中国年度先锋诗歌奖、屈原文艺奖等。有诗歌被翻译成多种语言。

一种现实：关于《毒蘑菇》

阿信

《毒蘑菇》一诗的写作对我来说绝对是一次冒险。我知道这种从新闻事件中直接截取诗意的做法可一而不可再，它不是一个诗人进入生活和写作的常态和正途。但有时候，这种尝试颇具挑战意味。诗歌具有逼近和揭示生活本相的要求，诗人天然地承担书写当代的责任，充当现实的记录员。但我理解的现实远非逼仄和狭隘的现实，从广义上说，诗人置身无边的现实，几乎所有的书写都是立足现实和当下的。但不可否认，诗人与现实之间，始终保持着一段谨慎的距离。在写《毒蘑菇》之前半小时，我写了一首四行短诗《火车记》：

空的火车
仿佛在搬运风中亡灵。只要
火车在跑，悲哀的野花
就会汹涌地扑向原野尽头……

这首诗和《毒蘑菇》之间，似乎看不出有什么联系。这首诗也在书写一种现实，但它与现实之间，明显存在一种距离：审视、打量、沉吟和回味。在一次西行途中，火车依次经过武威、张掖、酒泉、星星峡……西侧是绵亘的祁连山，东侧是腾格里沙漠、阿尔泰山褐红的余脉，我手中正好拿着一本杨显惠先生的《夹边沟记事》。我突然意识到，我正是沿着当年"右派"大军西行的路在行进……满载"右派"的火车向西而去，若干年后，载回的却是遗书、遗物、遗骸、下落不明的地址和消息，一捧时间的灰烬。悲怆、凛冽、夹杂着雪花的西风就在车窗外怒号，而原野上顽强的野花，依旧会在来年，覆盖荒原上的路基、铁轨。这是现实，只不过是经过了沉淀和处理的现实，加进了诗人的想象和主观意识。

　　但有一种现实，扑面而来，窒人鼻息，凌厉如铁器，直击脏腑，压迫心灵，容不得你从容思考、品味和斟酌，必须立即做出反应。这就是《毒蘑菇》。它甚至不容许你对它做出任何诗意的修饰和篡改，以保持它本来的粗粝、尖锐和创痛感。在搜狐网上第一眼看到这则消息的时候，我几乎是绝望地意识到：生活的真实有时候远比诗歌的真实要真实得多。当然，也残酷得多。在这时候，诗人几乎是被动的，他必须向生活垂下他骄傲的头颅。

　　诗歌介入现实的途径可谓五花八门，现实也不仅仅局限于社会的现实。历史、宗教、人生、心灵、梦幻、玄想、哲思、对死的恐惧和对未知的探问……无不构成诗人的现实。所以，我理解的现实主义，首先是尊重内心的真实和选择，然后才是所谓的"现实"。

2014 年 8 月 7 日于兰州寓所

『附诗』

毒蘑菇

据《春城晚报》报道:
"这个婆婆真奇怪,我年年
都在急诊科遇见她,每次
都是因为吃毒蘑菇中毒。"
云南大学医院,急诊科
王锦医生,昨天告诉记者。
难道是因为
难挡菌子的美味? 正在病床上
输液的婆婆,告诉记者:
有一年,她
吃毒蘑菇中毒后,产生幻觉
见到了去世多年的女儿。
为重温这种感觉,8 年来,
她

经常
冒险，吃
毒蘑菇。（摘自搜狐新闻
2014 年 7 月 3 日 14：48。
标点有改动。）

2014 年 7 月 3 日

作者简介：

阿信（1964—），甘肃临洮人，长期在甘南藏区工作。1985 年开始写作。诗歌、散文作品大多以青藏高原、甘南草地为背景。出版诗集《阿信的诗》（2008）、《草地诗篇》（2014）、《致友人书》（2014）等。曾获敦煌文艺奖、黄河文学奖、第四届徐志摩诗歌奖等。

娘总在黄昏时分喊我

陈亮

我是一个特别想"家"的人，我在北平原这片母土上生活了快40年了，也从来没动过想要离开的念头。从小到现在，对娘、家、村庄或者乡土有一种罕见的依赖。小时候，因为体弱多病，长得矮小，内向，性子柔绵，很听娘的话，从不跑到很远的地方去疯和野，绝大部分时间就那么呆呆地站在胡同口一个角落，虚幻地看着往来的村人，或者去村后面不远的土坡上，咀嚼一种很甜的草根，仰着头，默默地去观察那些变幻的云彩，倾听风从四处传来的各种声音。我真的很害怕自己走远了，娘就会从此喊不到我，或者害怕走远了再回来以后，娘就会不见了！那时候，我感觉娘就是我的大树，村庄就是我的世界或宇宙，城市对于我来说等于零。所以，和其他的孩子相比，我从小就是个缺少见识的人或者没出息的人，当然，现在依然如此。

17岁之前，我就这样一直傻傻地待在那个村子里，甚至一次也没去过20里以外的县城。我的小学和中学也都是在村子边上的学校里完成的，那里的花、草、树、风、云、水湾、河流、昆虫、空气、动物、鸟儿已经成为我生命或身体的一部分，我坚信它们和我有着不同寻常的联系，很难分割开来。至少在17岁以前，我最大的梦想就是做一个放羊或者放牛的人，这样可以不用离开娘很远就可以肆意地去亲近这个让我眩晕的村庄了！更重要的一点就是，娘要找我的时候，在村口大声一喊，我就可以听到，因为我是一个听话的、内向的、柔绵的、缺少安全感的孩子，我最不想看到的就是娘焦急或流泪的样子，如果那样，我就会有天要塌下来的感觉，会如一棵秋草一样虚弱得发抖。

那时候，我的脑子里或者梦里经常会出现这么一个场景：黄昏时分，我在村子边上的河汊里放羊或者牛，眯着眼睛在草坡上或者大石头上睡着了，娘做完了饭，风吹散她身上粘着的烧麦秸的气息，饼子、地瓜的气息，还有小米的气息，她在村口土地庙旁边的凸起处站定，用她长长的高密腔（娘是高密人）四野里那么一喊，我就会神启般醒来，并呼哨着集合起牛羊，浩荡着回到娘的跟前。实际上，17岁以前，我似乎就活在这么一个梦里或者虚妄里，不想醒来。

后来，我就抱着这么一个梦想迷迷糊糊地初中毕业了。当时，我们那里的孩子一般读完初中就不再读下去了，除了个别学习特别好的，或者家境特别好的。可我当时并没有觉得那是一种苦恼或遗憾，相反，却暗暗窃喜起来，因为我是不想离开家离开娘还有那个村庄，去那时候感觉很远的县城去读书的。心想，我那个放一群羊的梦想该实现了吧！我终于可以按照自己的想法过一种自足的神一般的日子了！谁知我的想法很快就被父亲或者现实一票否决了，因为那时候我们家刚盖了新屋，欠了一屁股债，品学兼优的妹妹还要继续学业，家里除了买不起一群羊供我放之外，父亲认为一个人趁年轻不出去闯闯老了会很遗憾的，认为出去打工既可以缓解一下家庭经济的困境，又说不定会遇到好的机会，从此跳出农门，混得更体面些。

——大哭一场。我只好像一只羊一样，被爱喝酒的表叔拉扯着领到了一个乡镇企业烧锅炉，这时候因为苦闷，开始在锅炉房的昏黑墙壁上写下第一首类似于诗歌的文字。而后又去了城里，拉拉杂杂做了十几种营生。但我从来也不敢或者不愿意远离我的那个村庄，即使有几次可以去外地或者国外挣更多钱的机会，也被我以自己太"想家"这个让人脸红的"理由"拒绝了。家，或者严重的乡土观念似乎已经成为我的死穴，似乎离开那里太远我就会虚弱得不能存活一样。即使后来，我因为写作的原因，偶尔会出远门参加一些活动，那么我也会匆匆来回，错过了远方的很多人认为的美好景致，可我并没有感觉到遗憾。我曾经写过这样的句子：自从离开家那一天开始，你就已经走在回家的路上。这个感觉对于我是真实的，绝没有一丝矫情。这样的诗写了不少，可我一直不满意，一直想写一首自己满意的来表达自己对村庄对娘依恋的诗歌，因为那个娘站在土地庙旁边的高处喊我的梦还在，让我在梦醒时刻不止一遍地在草纸上写下《娘总在黄昏时分喊我》这个几乎已经雕刻在我骨头上的题目。但我写不出，写不出能衬得上这个题目，衬得上我的那个梦、那个感觉的文字。

再后来，我所处的这个沿海小城和其他的沿海小城一样，招商引资开始如火如荼起来，似乎是一夜之间，工业园已经蔓延到我们的乡镇，包围了我们的村庄，很多原始的美好的东西被连根拔起或者逐渐消解，水泥地面封死了那么多小动物或昆虫的巢穴，挖掘机挖去了那么多顽强的根苗。牛羊在消失，老树林在消失，河流在消失或者被污染。村庄，作为人类的梦或者摇篮，已经离我们越来越远，我感到惶恐不安或者憎恶，感到自己的根似乎也要慢慢被刨去一样。即使你真实地回到这个地方，你也会生出陌生的感觉，背井离乡的感觉！"娘总在黄昏时分喊我"，更多的成为一种幻听，一种招魂，每当我离开家太远或者太久、太浮躁的时候，娘呼唤的腔音就会如约而至，慢慢生出一种最原始的力量！

　　大约是 2007 年夏天的某一个黄昏，当我从外地归来，累了也乏了，在满眼工厂、空气已经和城市没有什么大区别的故乡，我蹲坐在我们村口那个土地庙旁边的凸起的土包上，在一个捡来的烟盒皮上再次写下这个题目的时候，所有的意象就像久违的打开闸门的水一样汹涌而出，一气呵成了。诗很短，只有 16 行，整首诗用了一些古典名曲循环往复的旋律，除了"回家"这一表面的主题外，更大的指向应该是对农耕文明的一种回望，或者是农耕文明对工业文明的一种抵抗。你能想象得出这种抵抗是一种什么样的结果。

『附诗』

娘总在黄昏时分喊我

肯定是黄昏，日头大，且圆，
土地庙老，娘矮，扶烧火棍，
手搭凉棚，嘴干裂，腔长——
此时，炊烟渐稀，锄玉米者回，
卖豆腐者回，筑屋者回，
醉若泥水者，亦回。
天如杀过的肥猪，由红开始铁青。
娘的心生了火，腔含烟。
腔调，顺着藤茎传过来开成牵牛花。
此时，我正在墨河边的梦里摸鱼，
捉蚂蚱，网蝴蝶，或粘知了。
而老黄牛兀自吃饱，声若洪钟，
眼若铜铃。我怎么就睡着了呢？
弹弓丢失，脸上印满蝴蝶，

蚂蚱和麻雀，发若张飞。
我怎么就睡着了？大石头很暖和，
像极了娘，而娘，还在喊我，
娘：核桃裂开，腔如猫抓，
从电话里，骤伸出手将我抓醒。
醒来：灯红，酒绿。我知道
已经回不去了！但娘，还在喊——

作者简介：

　　陈亮，1975 年生，山东胶州人，中国作家协会会员，青岛文联签约作家。诗歌作品发表于各种文学刊物，并入选几十种诗歌选本，曾获《诗刊》社首届李叔同诗歌奖，《星星》诗刊"中国十大农民诗人"称号，第二届全国诗歌大奖赛银奖，第八届中国散文诗天马奖，2014 年度华文青年诗人奖等。曾出席《诗刊》社第 30 届青春诗会并出版诗集《乡间书》。现居胶州北平原。

那夜梨花白

林莉

孩子随父亲从老家回来，折回几枝梨花，在窗下喊我，兴奋地挥舞着花枝。当时，我在家里拖地，那一瞬，我愣住了，站在窗边手中握着拖把，痴痴看着。孩子红扑扑的脸和梨花黑的枝条白的花瓣形成一种强烈的冲撞。我的心隐隐一疼一动。走下楼梯时，"共白头"这个词语反复在脑子里盘旋。我取来瓷瓶，细心插好花枝，在清水里加了一点糖。我想我不舍得它们过快地枯萎。那一整天我走神了，被一种说不清的亢奋情绪充盈着，至夜半，我从梦中惊醒，那些蛰伏在内心深处的人事呼啸而来，我摸来枕边的纸片和笔，在黑暗中，快速写下了《梨花开满山凹》这首诗。那是2006年的1月。

过了几天，我整理了其他的几首诗，打印好，寄给了《人民文学》杂志社的韩作荣先生。先生在给我的回信手稿中写道：你的诗敏感、观察事物细微以及感觉的表达，是无可挑剔的。有的作品亦称为动人。盼能写出更多的更好的诗来。2007 年 4 月，这首诗随组诗《春天手记》十首刊发于《人民文学》。随后，又载发于《中西诗歌》2010 年 2 期的封二，并配发了诗人范小雅、樊康琴的解读评论。范小雅称：这首诗读完，我想，我情感里最隐秘的部分，我敏感的神经，被触动了，并开始微微疼痛了。这首诗的前半部分，诗人用她的敏锐，听到了那神秘的事物——山坳里梨树林的颤抖和密语。开篇让人的心，紧紧地、小心翼翼地悬起来，并侧起耳朵，跟着一同聆听。在后面的几句里，她运用隐喻，形象地展开了对山凹①中的梨花开放的描述：共白头，盛宴，小白驹出场，挤满山凹，在她的叙述里，我感觉到了欣喜，热爱，这些如同梨花，不断地扩展、蔓延，无边无际。不得不说，诗人对抽象事物的把握能力令人惊讶。在最后一句，她笔锋一转，"这漫无边际的汹涌，无助的汹涌"，一下子把我们的心，再次紧紧地揪了起来。这个无助，是花开得烂漫的无助，是生命一往无前的无助，还是诗人对现实生活的无助？我们不得而知，我们只是捕捉到，这一句里，有真意，有大美，有无尽的联想。诗人臧棣说：现代诗人的基本任务之一，就是重新协调诗的秘密与现实的关系。我觉得，本诗的作者出色地完成了她的任务。樊康琴说：大地暗藏的天籁之音，时光的密语，被她如此形象地描绘了出来：哗哗——哗哗哗哗——，这是从东到西，从上到下流淌到低洼处的时光，是朵朵梨花将要凋谢的声音，对生命没有真切体验的人绝对感受不到这种巨大的流逝，它们在时光的低洼处蓄成绝望、暴

---

① 作者原诗中用"山凹"。意思当同"山坳"。——编者注。

力的美——这山坳就是时光鲜嫩的伤口，谁听见了这摇晃的声音也就听见了凋零的声音，谁摸到了平静时光下的痛，谁就会颤抖。"一夜之间，它们笃定要和我共白头"，此刻，梨花是我，我是梨花，"笃定"是不能摆脱的宿命，是对欢欣与绝望并存的悲剧人生的揭示。这首诗蕴涵了太多，又是那样的不着痕迹，它迷人的语感，轻盈果敢地穿越时空，语词中的张力，文字后面饱含的生命气场都是无法言说的。它带着凛冽的生命气息，越过常见的比喻和象征，直接抚摸在时光凄美的伤口上。它属于时间。

其实，写出这首诗并非只用了2006年那一个夜晚的一刹那。我的故乡叶坞村产早梨，它有个好听的名字叫"六月雪"。谷雨过后，便是给小梨子上梨包的时候。人爬到木梯高处，有时为了能够着更远树梢上的小梨子，便双脚勾住梯子纵身向外伸手迅速地用刷了桐油的梨包套住梨子再用棕鞭绳系牢。这样长出的梨皮质细腻白嫩，汁液甜润。我记得童年时，在刮风的天气，我们这些孩子被派到树林里守着梨包尽量不要它们被风吹掉。那一片包裹着我们无数期待和幻想的树林在我们眼里总是充满着无穷的神秘。清明时节，白茫茫的梨花突如其来，它们柔软、轻盈、绝美地扑向我们，仓促间如云似雪，弥漫了我们的视线。我们看不见其他了，尘世间的一切都在一层层远去，时光一寸寸静止下来，令我们误以为是在仙界。整个梨树林具有了一种义无反顾的气势并铺天盖地地隔绝了人间的声响和烟火。梨树是先开花后长叶子的，花朵沉甸甸地缀于枝头，那种好到极致、奇妙到极致和痛苦到极致是一样的，无法言说。

我第一次在梨树林对着深邃无比的山谷大声呼喊时，那声音清脆、欢畅，还有一丝对未来怯怯地向往。犀利的风和寥落的空旷混为一体。我们一群日夜盼望长大的孩子用一种亲近山谷的不羁神情用尽全身的力气喊出自己的声音。整个树林都在回应"呦——呵——"多年后，重返梨树林，我张口却怎么也发不出那种透明纯粹的声音，眼泪夺眶而出。当年和我一同呼喊的伙伴，我的小姑姑因尿毒症在少女时就离开了人世。她那时在裁缝铺里学缝纫，刚开始谈恋爱。还有子建，远走他乡，杳无音信。他的父亲是个木匠，嗜酒，每酒必醉，醉必打人。子建的母亲是个哑巴，一年到头穿着长裤长袖，她身上的瘢痕总是呈此起彼伏状。那天夜里子建的父亲从水库被打捞上来时，在昏暗的油灯下我看见她跪伏在地上剧烈地耸动双肩，不停地发出一种模糊的、喑哑的呜咽。那种完全扑入黑暗的姿势像一只绝望的兽。梨树林的气味一直包裹着我，不，应该说是叶坞村的气味。

在时间的容器里，我们和诸多人事相逢、别离，慢慢成了断线的风筝。我想起 2013 年 11 月 12 日，上午 9 点 22 分接到信息"韩作荣老师仙去了"，我回"不可能吧"。然后急忙打电话，然后无法言语。在那年的 10 月 14 日马鞍山李白国际诗歌节上，我们在酒店门口送韩老师，和先生道别，我说"多珍重"。他只用力一握手，什么也没说。他的棕色夹克被风吹开。那一刻就好像是送别我的父亲，只是不曾想那竟是最后一面，是永别。2005 年，我刚开始诗歌写作，在自然来稿中，先生看见我的诗，给我回了信，10 月《人民文学》上我的组诗《一个人的行程》发表出来。我当时还不会上网，诗稿是手写稿。我们这一生会遇见很多很多的人，有些人，就是给你带来奇迹和意外的，成为你尊贵的引领者。

有一些香气从记忆的花瓣里扑簌簌落下来，多数的时候若有若无，只有短暂的那么一瞬，浓烈到惊醒你的程度，迅猛地揭开你心里死死不愿意回想的某一个镜头。没有人注意到这些花是什么时候开出第一朵，又是什么时候凋落了最后一朵的。每一年，它们按照自然秩序，熄灭、重生。让我相信，丢失的人事，会沿着旧时的路径和枝丫返回。它们燃起神香，让我们循着那唯一的只有我们自己一个人才能嗅出的味道一路而去。而造物主是公平的，它让我们各开各的花，各自结因果。我们变得更轻，没有肉体的重量负荷，容易在一个月圆之夜，背着自己的灵魂匍匐在地。

今日读英国诗人兰德诗作《七十五岁生日作》："我和谁都不争/和谁争我都不屑/我爱大自然/其次是艺术/我双手烤着/生命之火取暖/火萎了/我也准备走了。"遂涂鸦四句：春风一夜梨树白，青丝易染半枕霜，鲜衣怒马多少事，浮梁金樽无别处。

所以，你知道的，我想写的、写出的，也许并不是梨花。

2015 年 11 月 18 日

『附诗』

梨花开满山凹

现在可以闭上眼，听梨树林从山坳里传来颤抖
密语
哗哗——哗哗哗哗——
一夜之间，它们笃定要和我共白头
这是春天推出的一场盛宴
一匹匹小白驹怯生生出场
挤满十里长的山凹
这漫无边际的汹涌，无助的汹涌

（原刊于 2007 年 4 期《人民文学》）

作者简介：

　　林莉，中国作家协会会员，江西省滕王阁文学院特聘作家。曾参加《诗刊》社第 24 届青春诗会，就读鲁迅文学院第十八届中青年高级研修班。获 2010 年度华文青年诗人奖、2014 江西年度诗人奖及各类征文奖。出版诗集《在尘埃之上》（21 世纪文学之星丛书 2010 卷）和《孤独在唱歌》。

那夜梨花白 ／

诗与生命同步

林莽

仿佛一组音乐的旋律，突然从生命的某一部分升起，使整个身心为之一热。这源于内心的愉快与痛苦，唤起了我们内在的创作激情。也许，这就是我们通常所说的灵感的律动。它到底来自哪儿？如何才能得到它？这曾是我很想知道的。仔细回顾自己写过的每一首诗，找不到一种令人满意的答案。

经过了多年的诗歌写作之后，如今我确信，它就隐含在许许多多生活的琐事与细节中，隐含在一句乡音、一组音符、一双眼睛、一个细微的动作之中……生活的经历，为我们积淀了许多值得回顾的往事，是生活具体的事物与情感，构成了我们每一个活生生的人。生活中所有的一切，为人的文化本能确立了表达的依据与可能。

人类的文化、民族的历史、生命的感知等的积淀，使每一个人都具有了由情感的经验转化为某种艺术形式的本质冲动，人最根本的情感冲突依旧，然而，每一代艺术家都以自己的生命状态，寻求艺术新的激情与力度。生活在变，人的意识与文化修养在变，那么艺术形式与手法的变化也就是必然的了。

当旧的诗歌形式、旧的语言不再激发我们的创作冲动，当生命进入了另一个层次，那么诗必须与生命同步。

1985 年，我几乎用了一年的时间完成了组诗《未完成的纪念》。那一年，许多往事总是萦绕着我，那些回首与思绪仿佛生命中的落叶，令我听到了秋风之声。当我写完了那十几首给旧友的诗歌，依旧有许多未尽之情，于是我又写下了这组诗的最后一首——《秋天在一天天迫近尾声》。这是一首无任何具体人物所指的纯情感性的作品，但它具有最真实的生命体验。

青春已逝，现实生存的经历，并未回答我们那些年的向往与追求。一切都已过去，"不再是如血的残阳/不再是动乱的人流"。然而，情感的冲动并没熄灭，"秋天的火焰在树丛中燃烧/作为回答我应该呈献什么"。那些年的伙伴们都已生活在不同的地方，那属于青春的梦幻与生活，如今它在哪儿？"那不属于你们的/同样也不再属于我。"逝去是必然的，生活到底让我知道什么，"那么高远/那么璀璨/永远无法遗忘/永远在心中战栗"——"雪，落在心中不再消融/往事有许多时辰仍与我们同在/日月匆匆已走过许多年头"。

诗记录了一种情绪，一种与自然同步的声音，诗并不要说什么，它不说教，它只在表达。

在这首诗的写作中，我确实沉入了一种生命状态。许多动乱年代、插队生活的往事使生命充满了感伤，然而那些年青春的激情曾使我们的生命动人地燃烧，而今天，许多沉入了现实的生命是那样的无力与苍白，这难道不是一种沉沦吗？人的情况是复杂的，也许我只抓了生命中的某一点。当然，诗就是要表现提高了的意识。

这首作品的写作中，我运用了许多具体的生活细节，把情绪溶入生动的形象中，如：窗外低鸣的北风、斜飞的鸽群、洒水车的铃声、书桌上的灯光，等等。在许多地方适当地进行理性与幻觉的穿插，现实与向往的穿插，感情与想象的穿插，这样构成了时间与空间的展开与变化。主导情绪的贯穿，构成潜在其中的情感结构。

此诗分为六节，每一节独立而又相关。它们是并列的，同时又是相互促进的。情感结构的变化，打破了平面的或单线式构思方法。不同角度的切入，构成了一幅幅有意味的画面。一首诗就这样产生了。

诗歌艺术帮助我们深入回顾，帮助我们从繁杂的世俗生活中解脱出来，感伤与沉郁有时会洗去我们心灵的尘垢，使灵魂沉静下来。这正是诗的力量所在。

如果讲这首诗是成功的，那么，我想它是一首有自己独到之处的诗作，从内容到结构，从语言到形式，它都是属于自己的，不同于任何人、任何作品。它所表达的情感是真切的，它具有很深厚的人的生活的背景。或许这首作品的情绪还显得有些过于古典和感伤，但它与我那时的生命那么相近，因而我偏爱它。

『附诗』

秋天在一天天迫近尾声

一

在我的窗外
听北风的低鸣
鸽群斜飞
秋天在一天天迫近尾声

曾使人不安的灵魂
犹如晚风的吹奏
忽起忽停
阵阵涌动渐渐平息

落叶纷飞
这也是最严峻的日子

二

不再是如血的残阳
不再是动乱的人流
北风以它的节律拂动时光流逝
许多误解已不必解释

如果那时我们确曾相约
秋天的火焰在树丛中燃烧
作为回答我应该呈献些什么

三

穿过静夜时光
洒水车的铃声急促地把我唤醒
突然远去的夕阳一片金黄
水雾中消散了青草的气息
那不属于你们的
同样也不再属于我

四

这一阵阵的清风
谁将伴我们踏叶归来

倾听灵魂中最寂静的时刻
一股股旋律在内心不停地撕扯

有时候
人们离去得比时间还要快

五

为了这些未完成的纪念
往日的喧嚣已经变得邈远
这样的时刻
想着夕阳下的秋天
等待收割的田野静谧、金黄
有如我书桌上深夜的灯光

六

那么高远
那么璀璨
永远无法遗忘
永远在心中战栗
当星群
一个个滑过我的心头
它们既遥远又冰冷

雪，落在心中不再消融
往事有许多时辰仍与我们同在
日月匆匆已走过许多年头

这已是最严峻的日子
秋天在一天天迫近尾声

作者简介：

　　林莽，生于1949年11月。1969年到河北白洋淀插队，开始诗歌写作。白洋淀诗歌群落和朦胧诗的主要成员。著有《我流过这片土地》《永恒的瞬间》《林莽诗选》《秋菊的灯盏》等诗集多部，诗文集《时光瞬间成为以往》《穿透岁月的光芒》《林莽诗画集》等。现任《诗刊》编委，《诗探索·作品卷》主编。

在生活与诗歌之间出入自如
——有关《一条鱼》

非亚

有好几次，在朋友的聚会中，他们总会跟我提起这首写于 2012 年底名为《一条鱼》的诗，提到他们对这首诗的喜爱，提到诗里的场景，现实、生活与梦的混淆，提到它的意味和余味无穷。而对我来说，这只是我无意中写下的众多诗歌中的一首，偶然、迅速、流动，很快在纸上被记下，当然我明白，任何一首诗从身体中冲出，来到稿纸和电脑上，其实都是某种情绪酝酿已久的结果。我想，我沉闷、单调、日复一日重复不变的生活深处，也许真的有这么一条鱼，在一个有树林的河流里出没、游动，并让我为之向往、着迷。

而朋友们对这首诗的喜爱，总会使我在这首诗诞生之后，回过头去思考，到底是什么吸引了他们的注意？又是什么构成了这首诗最重要的元素？

从我自己的写作以及对诗歌的理解来看，我确实是一直看重诗歌与生活之间紧密的关系和联系的；另一方面，我也希望诗歌能在生活的基础上，对平庸的生活做出一种新的发现以及神奇的转化。

很小的时候，我的父亲是个很喜欢钓鱼的人，他经常一个人出门，拿了根钓竿，到河边或者很远的村庄去，回来的时候，小铁桶里就会有各式各样的鱼，往往这个时候，喜悦就会在傍晚弥漫我们整个的家。父亲拎着鱼回来的这一幕，曾经长久地出现在我的脑海里。另一个喜欢钓鱼的诗人，大概就是美国诗人、小说家卡佛，他经常在他的诗里，写到自己在溪流边钓鱼的经历。鱼真是一种非常好的东西，代表了食欲、生命，也代表了新鲜、活泼、挣扎的一切，钓鱼则类似于一种专注的对未知世界的探寻。而我小时候曾经有过一次抓鱼的经历。大概是夏天的某一个下午，天空突然下起了倾盆大雨，我站在走廊的窗口观看雨中的世界，突然一条很大的鱼，跳上了水塘之间的堤岸，然后在那里不停挣扎、跳跃，我马上掉头从家里冲出，冒着倾盆大雨，冲向水塘之间的堤岸。我抓住了那条鱼，然后浑身湿透，再冲回家。

因此，这首《一条鱼》的诗，可能是各种人生经历与阅历混合的结果，当灵感突然出现，我要做的，就是坐在桌前，诚实地把它记录在纸上。

但我，并不想平铺直叙地进入诗歌之中，我希望在诗歌中制造出一种惊奇，为此，我从现实的背面，也就是梦开始入手，叙述一个朋友带着一条鱼闯入我的生活，我希望在现实与梦之间自己可以出入自如。我分析自己这么做的原因，其实很可能源自自己内心深处长久的渴望，梦往往是生活的投影，你渴望这样的事物，然后这样的事物就会在现实之外以梦的形式降临到你的生活中。但事实是,你怎么就可以断言我写的,难道仅仅只是虚拟的梦,而不是具体的现实?

诗的第二段一直到第四段,描述了朋友闯入我梦里的场景,"手里,拎着一条鱼,身上/冒着热气","房间里到处都亮着光,打开门/在客厅里,说","今天我们,可以干些别的/比如,讨论如何/吃这条鱼","它是我,在一条河里弄到的/足足有五斤重",两行,或者三行做一段的原因,是场景转换的需要,也是基于语气和一种节奏感的需要,或者说一种呼吸的需要(我了解的美国黑山派诗歌曾谈到呼吸对于诗歌的重要。而我认为自己诗歌的断句、段落划分,很大程度上也来自自己身体呼吸的需要,来自呼吸的长短,在一起一伏之间,诗歌开始和身体发生关系,产生了节奏的变化和微妙的平衡)。而"冒着热气""到处都亮着光",这些,也和我对梦的感觉是一样的。房间中升腾的热气和光,则给沉闷的生活突然带来了生机、亮色和希望,这一切,就如拎着一条鱼突然闯入我生活的朋友一样,鱼带给他兴奋,也带给我期待。闯入的朋友因为兴奋,一个人在那里滔滔不绝,唱着独角戏,而我所能做的,就是看着他,听他津津有味地对外面加以描述,仿佛是沉闷的生活中他给我增添了一种生活的勇气和乐趣。我"好像看到他身后/有一条路/通向了树林后面的河流",从这条鱼,到身后的一条路,再到树林后面的河流,这些房间之外的风景,也意味着一种出走和对我的吸引。"嗯,那里有鱼,他说,那里有一种/我不熟悉的生活",朋友知道我总是安于现实,总是局限于自己的房间和窄小的空间,那种别处的生活,是我所不熟悉的,而别处的生活,往往精彩、生动，充满想象，就像一条鱼那样在河流里游动，并游向神秘的远处。

诗的最后一段，相对于前面一环扣一环的叙述，是一种对自我的反思，"而我最大的问题，是从未像我这位朋友/从这个梦出走，离开这个/房间/到森林里去"，我对新的生活有渴望，但我的渴望，大多数时候仅仅只限于梦想，而缺乏像我那位朋友一样的行动力——从房间出走，到森林里去。未知的森林既代表了充满陷阱以及危机重重的现实，也代表了一种穿越森林后的新生，而森林后面那片开阔的天空，以及奔腾的有很多鱼的河流，对我单调、沉闷的生活，都构成了一种吸引。

从诗歌的语言上讲，《一条鱼》这首诗，采用的基本是日常的口语，语言上没有任何花哨的地方，它呈现的，只是一种别处生活的想象，在诗歌的叙述和对生活的呈现上，我坚持了专注和诚实，与此无关的一切全部抛弃。很多年前，我曾写过一篇《现实的通道》的短文，详细描述了现实与诗歌的关系，并认为诗歌来源于对个人生活的呈现和一种新的转化，这首看似简单的诗，大概也因为对生活和自我的重新思考而具有了形而上的力量以及意犹未尽的空间。

『附诗』

一条鱼

我有一个朋友，有一天晚上来到
我的梦里

手里，拎着一条鱼，身上
冒着热气

房间里到处都亮着光，打开门
在客厅里，说

今天我们，可以干些别的
比如，讨论如何
吃这条鱼

它是我，在一条河里弄到的

足足有五斤重

我看着他，好像看到他身后
有一条路
通向了树林后面的河流

嗯，那里有鱼，他说，那里有一种
我不熟悉的生活

而我最大的问题，是从未像我这位朋友
从这个梦出走，离开这个
房间
到森林里去

2012 年 12 月 20 日

作者简介：

非亚，1965 年 4 月 25 日生于广西梧州，1987 年湖南大学建筑系毕业。大学毕业前受朋友影响，开始诗歌写作，1991 年和朋友一起创办诗歌民刊《自行车》，并主办至今。2011 年获《诗探索》年度诗人奖，2015 年出版了自己的新诗集《倒立》。现居南宁，职业为建筑师。

关于《火车》

南子

　　在我不太长的人生经验里，火车，铁轨，站台，候车大厅，忙乱的人群，还有蛛网一样纠结的铁路干线——这一切，都曾与我青春时代往来新疆与陕西西安的往事有关，与青春充满激情和盲目冲动的游走有关，与未知的远方，还有时间的流逝有关。

　　锃亮的铁轨在阴沉的天空下铺展着，如果我还能说出这些场景里上演的一幕幕人间悲喜剧的片段的话，我的耳边一开始，会响起那钢铁的躯体巨大的轰鸣声——在1989年3月26日，北京到山海关的铁路上，一列自北往南的火车碾过了一个沉浸于冬天的草场、鲜花的马车，以及倾心死亡的黑夜的孩子。这机械时代冰冷的钢铁躯体，把他的身体完整地分为两截。他就是海子。

　　这样的黑色火车我从未见过

　　它徐缓驶来，像一根绳索

雨夜一样的黑色火车

没有花朵的黑色火车

它的鸣叫像来自水底

我冬天的手指是它的枕木

——海子：《黑色火车》

　　每个人都在时间中沉浮，而火车，一定是流动着的时间的象征。因为海子，它冰冷地躺在我的内心已有很多年。这辆火车，曾出现在一本叫《远方》的苏联小说里，它的出现，曾让寂寞的孩子感受到远方的美好，火车头喷出的烟，就像一块小小的手帕；出现在美国"爵士乐时代"短命的奇才托马斯·沃尔夫《火车与城市》《远与近》的小说里，他的小说里的主人公，往往都是一个乘着火车走遍大地的漫游者；出现在福克纳著名的打猎小说《熊》里，在这里，火车是一个注定要让森林消失的凶兆，像一把刀子切到古典的梦境里，把什么都搅碎了。

　　关于火车，还有铺在俄罗斯大地亚欧大陆的西伯利亚大铁路，它曾出现在赫尔岑、陀思绥耶夫斯基的文字中，它的一头连着高加索群山，另一头就是俄罗斯大地的苦难和流放的诗人在寒冷中吟成的诗歌。西伯利亚大铁路上往来的火车，像没有生命、陌生冷漠的巨掌，劈开了索尔仁尼琴、叶赛宁的脸——

作为一位"70后"诗人，我自幼生活在新疆南部一个多风沙、被戈壁沙漠包裹的小镇，偏远闭塞荒凉，我12岁才看到公共汽车，18岁到西安上大学，才真正坐上了火车，是火车，给我送来了外部世界的声息。这辆曾经只在露天电影里看到过的火车，在我眼中是新奇的，它来的地方和它要去的地方，我都不曾去过，那些陌生的地名对我来说，是一个个谜。而世界，正是顺着这不知所来不知所终的铁路延展的——它是带给我关于距离和时间的妙不可言的记忆；关于一座城市在黎明的红色日出中醒来的记忆；关于闪光的铁轨上，一节节货车张着大口的空虚模样的记忆；关于不可能的恋情一次次告别和遗忘的记忆（这时，火车是绳索，更是绝望的叹息）；关于另一列交错的火车里的陌生在夜晚窗口的表情的记忆；关于疲惫的旅途中沉睡着的不知名小村、山峦、戈壁沙漠的记忆。它们沉默、寒微，我的目光偶尔被沿途夜色中的点点灯火照亮。

火车在时间的行进中流年似水，一次次穿过我和远方的火车，如今，已是一把陈年的刀子，时常切开我的记忆。现在，它驶过去了，在我的纸上留下一道擦痕——于是，就有了这首《火车》的诗歌。

我的陕西师大的同学，现在山东大学任教的诗评家马知遥曾为我的这首诗写过相关文字，他曾在新疆阿克苏地区生活多年。我在这里引用一下他的评论：

当我读到南子这首诗歌的时候，不能不惊讶于她巨大的意识直觉和创造性，这样的诗歌不是当代哪一个诗人说写就能写的，新疆南部地区长期的生活和历练，让她的艺术创造带着那块辽阔地界的物象和神秘气息。

她对一列火车的描述，简直写透了一个人的生命体验。从死亡中复活后的感慨和释然，从落后封闭中被惊醒后的内心恐慌，面对火车的庞然和高速时心理的紧张和错愕，都昭然若揭。

在南子的笔下，火车的运行不是在散步不是在主动地前进，而是迫于黑色隧道的追击，如同被命运的黑暗追击。而那些声音，一半在黄土中一半在暮色里，这样的感觉顿时让人能够想象到辽远边疆，火车行进在万里戈壁的孤独，"独来独往"，如同隔世，如同在另一个世界里，被遗弃还是已经丧失？诗人尤其在最后突然发出的那声感慨"火车如同棺木"，这样的奇特意象，出奇制胜，惊现了当代新诗之美。我以为诗歌的想象与她生存的文化空间有很大关系。

在辽阔的西部，在漫漫黄沙中，我们经常能看到当地抬棺的人群，那些客死他乡的人们，悲伤地哭泣，哀歌传遍大地。棺木，黑色棺木，巨大的亡灵和死亡象征，如同列车一般在一次次地为我们提醒着生命的残忍和不堪。

正是这样的省思，诗人南子敏感地看到死亡的阴影，那些无处不在的东西就在我们身边，因此产生生死轮回之叹，水到渠成。

其实，我在这首《火车》的诗歌里呈现的也是一种人的

日常性的痛苦，是对生存的认知，对自我的认知——要知道，生命的短促、世事的无常，会平添人的命运感，而曾经的生活在铁路两头延伸，将复原这一代人彼此共同的记忆。它说，不仅仅是我，而是所有人，都将在一个地方下车，这个定数不可更改。

『附诗』

火车

我曾惊叹过这样的奇迹——
比如火车
躲过了黑色隧道的追踪　独往独来
它的鸣叫声里有着阵阵弯曲
一半埋在土里
另一半被暮晚的寒风吹送

啊，这澄澈的棺木
带来往昔
带来凹陷在地面深处的阴影
以及人的失败
除了它的鬓发开始发白
吹来的风中有一些放弃
一切又都是新的

我呆呆地看着
仿佛它正和多年后的自己相遇

作者简介:

　　南子,生于新疆维吾尔自治区南部地区,有诗歌及散文
作品入选《2008 文学中国》(林贤治主编)、《中国当代女诗
人爱情诗选》(蓝蓝主编)、《中国当代女诗人随笔选》(蓝
蓝主编)、《狂想的旅程——中国女诗人诗选》(黄礼孩主
编)、《21 世纪十年中国独立诗人诗选》(燎原主编)等各类
年度散文及诗歌选本与年选。著有诗集《走散的人》,散文
集《奎依巴格记忆》《精神病院——现代人的精神病历本》
《蜂蜜猎人》,历史人文随笔集《洪荒之花》《西域的美人时
代》,长篇小说《楼兰》《惊玉记》等。2007 年参加中国作
家协会《诗刊》社第 23 届青春诗会,2008 年就读鲁迅文学
院第八届(青年作家)高研班。2015 年获第三届"在场主
义"散文新锐奖。

我的绿洲和我的诗歌

胡杨

这是一首成诗于 2007 年的诗歌，这首诗有一个特定的地域——敦煌以西，这是我生活的地方，无比荒凉，但却充满了诗意。在这块土地上，无数的诗人马上建功立业，笔下滚动惊雷，到了我这一辈，一切都平静了下来，在无边无际的和平的日子里，更多的是平平淡淡的春夏秋冬，少了铁马金戈，少了冲杀流血，戈壁和沙漠上堆满了寂寞。

但这又是一块神奇的土地，在戈壁和沙漠的荒芜处，总会不经意地暴露一片一片的绿色，这就是人们所说的绿洲。

绿洲是这样一种激动人心的情景：极端的干旱蔓延着，极度的失望中，泉水喷涌而出，于是，人间的荒芜与美丽同时呈现。此刻，走过无垠戈壁和沙漠的人，看见了茂密的白杨树林，就像看见了鲜艳的玛瑙和珍珠。

更广阔的范围内，庞大的山系中孕育着无限的冰川，山顶上的积雪亦是永恒地照耀着一座座村庄。当人们低头沉思或者抬头仰望，都无法回避这温柔、潮湿的光芒。

一片绿洲，往往是在大尺度的荒漠背景上，呈现小尺度的生物群落。随着充足的流水和不断增多的植物，一块土地，一点点具备了养育人的力量，人在这块土地上生活得久了，便有了与之相适应的气质和精神。即使一个人从一片绿洲出发到别的地方去，他的身上也抹不掉绿洲的气息。

绿洲是沙漠中的沃土，绿洲本身的地理、生态以及依附于它的人情、风俗，都与四周的荒漠形成鲜明的对照，是独具一格的呵护与挑战，充满了生命与死亡的角力。在这里，最原始的方式，也许是最完美的规则。

在绿洲，自然界的生机勃勃与人们的精神世界一脉相承，它仿佛就是一片放大的绿叶，在阳光下熠熠生辉；又好似一块翡翠，有着梦幻中的光芒。这样的地域，一方面是自由的思想节律，另一方面，则是严格的生态制约。

绿洲上，毛驴车永远是慢悠悠的，而收割的镰刀则飞快地移动；歌声和舞蹈是张扬的、放旷的，而甜蜜的爱情则是内敛的、羞涩的……

在我的生活中，绿洲浸润是无时无刻不发生着的。当我渐渐长大，能一口气走出村庄的时候，我看见了围起村庄的长城和长城之外的戈壁，当那无垠的葱郁戛然而止，我才明白，我们的村庄，原来处于多么危险的境地，如果那条河流改道，如果罪恶的荒芜越过长城，村庄就会干瘪如冬天的茄子。

记得第一次走出村庄，置身茫茫的戈壁，我是那么胆怯和虚弱，甚至逃兵一样地向着有绿色的地方奔跑。后来爱上了诗歌，知道古代的边塞诗人就是在我们这块土地上写出了名垂千古的诗章，自己就又忍不住前往那荒芜的腹地，从一座烽火台到另一座烽火台。渐渐地，庞大的村庄没有了影子，只有自己和荒野，偶尔碰见一两株野草，内心都会涌出异样的情愫。在村庄里，平素脚下踩过的全是这样的碎草，但只有此刻，它会给我安慰和力量，这真是一种奇怪的感觉，这也可能就是诗的感觉。从那以后，我就常常出入敦煌以西的广大地区，像古代的阳关、玉门关，如今都搁浅在了荒芜之中，但为其荒芜，才展现出它们历久弥新的诗意。那块土地上伤痕累累，但对于我来说，"他们是星辰，浑身笼罩着寂寞的光辉，在夜空中相遇；他们是劳动的气味，只是暂时还不能确定他们来自哪个花园"。我沉浸在这奇妙的人文环境和自然奇迹之中，不能自拔，也从来没想过要自拔。这些，基本上构成了我的诗歌素材，在我看来，这是一望无垠的处女地，充满着无限的可能和无限的秘密，只有诗歌能够抵达。在欧亚大陆的中心，在古丝绸之路的咽喉要地敦煌，我生活了 16 年。之后，我又辗转于青海柴达木盆地、内蒙古西部、新疆、云南边境、甘肃河西走廊的角角落落，最后落脚于万里长城西端起点的嘉峪关，期间的辛酸自不必说，但诗歌始终是慰藉心灵、点燃青春的烈火。直到现在，绿洲地域中的情景，时常幻化为各种持续不断的力量，激发我、感染我。那时候，我是一个诗歌的勘探者，自由而快乐。绿洲的外部，大都有储备可观的盐湖，我见识过盐湖中盐的结晶过程：泉水或者雪水拥挤在一起，附近沙石、碱滩上盐的成分自然而然地溶解于水里，水有了苦涩的滋味，只有品尝才能知道，水中的苦涩掺杂了万千滋味，不仅仅是咸。可后来，在酷烈的阳光的熬煮下，水不断蒸发，水中的盐，互相寻找，抱成一团，它们终于跳出水的束缚，人们才看清晶莹剔透的盐。但那还不是完全意义上的盐，人们把它从浅水中捞出，再次曝晒，直至干裂，使它的表面析出白白的粉末，那些粉末是盐里的杂质——盐硝，风吹掉它们后才是可以食用的盐。

当敦煌以西不仅仅是地理概念，更作为埋下我胎衣的故土，深入到我的灵魂和骨髓，我再也不能无动于衷。作为一个歌者，故乡的土地首先拨云见日、穿云裂帛般雕刻于文字，因而，这首《敦煌之西》是我不假思索一笔写就的，根本就来不及考虑诗行的意蕴和文字的规整，整个一首诗就完成了，就像自己的伤口，流了血，那血，变幻为成行的文字。事后，我仔细阅读这首诗的每一行句子，虽然粗糙，但那真正是大风吹过之后的剩余，那真正是一个在戈壁上行走的人辽阔的内心，它不能涂改。

『附诗』

敦煌之西

敦煌之西，是跨越了党金果勒河的广大地域

在我看来，那是一片不毛之地

夏天，跑着一群拿着火把的风

冬天，跑着一群举着刀子的风

爱谁是谁，爱谁，谁得脱两层皮

可汉武帝没这么想，唐太宗没这么想

他们都把自己的触角伸到了这里

汉武帝的触角是那些长城，唐太宗的触角是那些

端庄菩萨

和壁画上华丽的衣袂

敦煌之西，我骑一匹毛色肮脏的骆驼

一颠一簸揣测古代的商人怎样忍受煎熬

我是受不了了，商人们毕竟心怀利润

站在烽火台上，我努力像一个守望者

站直自己的身体。仍然还有一点点矫情
一只野兔子自由极了，一会儿疯跑
一会儿长久地趴着
在这荒野上，它吃什么、喝什么
一阵子我为这只兔子操心，操闲心
敦煌之西，玄奘悄悄溜过去了
像一块石头，被风吹着滚过去
没有了棱角
他的棱角都留在史书里了
我在敦煌之西，孤零零的
不如一只老鹰

（发表于 2007 年 12 月《诗刊》）

作者简介：

　　胡杨，中国作家协会会员、甘肃省电视艺术家协会副主席、甘肃省作家协会理事、甘肃省文学院荣誉作家、大学教授、硕士生导师，出版《西部诗选》《敦煌》《绿洲扎撒》等诗集，《东方走廊》《敦煌风俗漫记》等散文集，《雄壮的嘉峪关》《罗布泊纪实》等地理文化丛书25部。曾参加第23届青春诗会，曾荣获黄河文学奖、敦煌文艺奖等。

零碎的《水井巷》
——也说我的一首诗的诞生

荣荣

　　2009 年 8 月 13 日那天，天底下就没有发生值得提及的什么大事。刚刚我还网上百度了一下。我个人呢，自然也没什么可资回忆的东西，如果不是我的《水井巷》这首小诗下标记着这么一个写作日子，我是再不会在这个日子里停留或向这个日子试图去搜索什么的。当然搜索是无效的，没有途径，只有这首诗摆在那里，在那一天，留下了我一个内心的小感慨。

　　应该是刚从青海参加完第二届青海湖国际诗歌节回来，一些碎片化的场景仍在脑海里起伏；应该是在案头还堆放着从西宁著名的小商品市场水井巷里买回来的一大堆零碎玩意；应该是正好有空坐下来，发一会儿呆；应该是在发呆的时候，想起了某个让我有些伤感的事儿或人；这些事儿或人应该是已逝的，但在我的内心应该是留下了一点痕迹。所有这一切，突然与这些零碎玩意儿挤碰在一起，然后，就感觉它们之间有了关联，这种关联又慢慢变成了一种流淌着的低低的情绪，这些情绪又变成了几个句子，最先冒出来的是这一句："你就是我绝望的零碎。"然后是："你们女人就喜欢零碎。"再然后，我做了一些将这两个句子缝合起来的工作，一首诗就像一块心灵的小补丁。很快，这样的补丁就落在电脑界面上了。

　　这终究都是一些无用的文字，读后完全可以放在一边。我的很多诗就是这样写的，它们很短，也很随意，只是一种淡淡的情绪，我让它们在纸上凝结下来。一首并不快乐的诗，更多的时候像是一个快乐的人，突然停下来，低头时有一丝沉郁。如果重去追寻当时的情与景，便又得回到这篇小文的开头，风吹过，已不着痕迹，"此情可待成追忆，只是当时已惘然"。

『附诗』

水井巷

上午十点的水井巷像一只被阳光转动的万花筒

"你们女人就喜欢零碎！
小手势　片言只语的温暖
点滴的记忆或片断"
现在是满巷子的藏饰

看上去真的很美！
这是日常里朴素　廉价的部分
这个外省女子在这里拼凑着
对于西北的理解

她不喜欢讨价还价
但必须忍痛割爱　在生活的另一面
"我喜欢零碎　你就是我绝望的零碎！"

作者简介：

　　荣荣，女，原名褚佩荣，1964 年 2 月出生于宁波，1984年毕业于浙江师范大学化学系，先后做过教师、公务员，现为《文学港》杂志社主编，宁波市作家协会主席，浙江省作协副主席。出版过多部诗集及散文随笔集，参加过《诗刊》社第十届青春诗会，曾获首届徐志摩诗歌节青年诗人奖、"新世纪十佳青年女诗人"称号、第五届华文青年诗人奖、2008 年《诗刊》年度优秀诗人奖、2010—2011 年《诗歌月刊》年度实力诗人奖、2013 年度《人民文学》诗歌奖、2014年度中国作家出版集团优秀作家贡献奖。诗集《像我的亲人》获第二届中国女性文学奖，诗集《看见》获第四届鲁迅文学奖。

写作点滴

1968 年年底，上山下乡的高潮兴起。在去山西插队的火车上（火车四点零八分开），我开始写这首诗。当时去山西的人和送行的人都很多。随着火车开动前的那"咣当"一下，我的心也跟着一颤，然后就看到车窗外的手臂一片。一切都明白了，"这是我的最后的北京"（因为户口也跟着落在山西）。

还有一点，小时候我有一个极深刻的印象，妈妈给我缀扣子时，我们总是穿着衣服，一针一线地缝好了扣子，妈妈就把头俯在我的胸前，把线咬断。

我就是抓住了这几个细节，在到山西不几天之后，写成了《这是四点零八分的北京》。原来还长一些，几番删改之后，就成了现在这样。

『附诗』

这是四点零八分的北京

这是四点零八分的北京
一片手的海浪翻动
这是四点零八分的北京
一声尖厉的汽笛长鸣

北京车站高大的建筑
突然一阵剧烈地抖动
我吃惊地望着窗外
不知发生了什么事情

我的心骤然一阵疼痛，一定是
妈妈缀扣子的针线穿透了心胸
这时，我的心变成了一只风筝
风筝的线绳就在妈妈的手中

线绳绷得太紧了，就要扯断了
我不得不把头探出车厢的窗棂
直到这时，直到这个时候
我才明白发生了什么事情

——一阵阵告别的声浪
就要卷走车站
北京在我的脚下
已经缓缓地移动

我再次向北京挥动手臂
想一把抓住她的衣领
然后对她亲热地叫喊：
永远记着我，妈妈啊北京

终于抓住了什么东西
管他是谁的手，不能松
因为这是我的北京
这是我的最后的北京

1968 年 12 月 20 日

作者简介：

食指，本名郭路生，1948 年出生，高中毕业。20 岁时写出名作《相信未来》《海洋三部曲》《这是四点零八分的北京》等。1993 年加入北京作家协会，1993 年 5 月《食指·黑大春现代抒情诗合集》出版，1997 年加入中国作家协会，1998 年获文友文学奖，1999 年由人民文学出版社出版《食指的诗》诗集，获第三届人民文学奖。著有诗集《相信未来》（1988）、《诗探索金库·食指卷》（1998）等。

修辞的拐弯

徐俊国

　　在山东教书那些年，我爱着双胞胎女儿，过着简简单单的小生活，在两间租来的小屋里乐此不疲地构筑着不合时宜的童话世界，煽情地写着《这个早晨》之类的小诗……晚上读王维、陶渊明、苇岸、梭罗、约翰·巴勒斯、约翰·缪尔、李奥帕德、怀特、法布尔、瑞秋·卡森、普里什文、弗洛斯特、雅姆、斯奈德、W.S.默温、洛尔迦，早晨则在密集的鸟鸣中漫步，有时碰到一头耕牛从对面走来，我会闪到一旁，为它让路，没人的时候，还会敬个礼。那时候，生活安宁，内心纯净，所有的美好都像是假的。

　　2003年春，朋友打来电话，让我用毛笔抄写《小学生守则》做刊板。不到四岁的俩女儿几乎同时问：爸爸，小学生守则是什么？我内心一颤，一整天，脑子里全是诗句。第二天中午，在幼儿园工作的好友发短信问有无新作，我的心又颤了一下。就这两颤，我一口气写满了两页稿纸，几经删减，就成了《小学生守则》。这首诗在《诗刊》发表后，迄今被收入几十种诗歌选本。现在看看，里面的确暗含了不少因素，自然的、社会的、童话的、伦理的、美学的，甚至整个文本都可以看成是反讽的、解构的。就是从这首诗开始，我开始构建"鹅塘村"写作体系。组诗《鹅塘村》在 2006 年 12 月的《诗刊》"青春诗会"专号发表，这是"鹅塘村"作为一个符号正式在诗坛出现。我出生的村庄是山东省平度市仁兆镇的小城西，但这并不能证明"鹅塘村"就是文学的虚构和精神的乌托邦，它有它得以诞生的地理真实性、现实合理性和诗歌合法性。"鹅塘村"是势如破竹的城市化进程中农耕中国的缩影和剖面。自然的秩序和美的道德，人的困境和生存的悲剧，这是"鹅塘村"写作的两个重要向度，二者不矛盾，也不分裂。"鹅塘村"不仅仅是乡村，它可能就是整个世界。它是诗人和自然万物的关系、诗人与大地子民的关系的总和。与自然同呼吸，与万物共荣辱，与弱者和困苦者共疼痛，这是"鹅塘村"书写的基本态度，也是我面对这个让我们爱恨交加的世界的基本立场。

那一系列作品收在《鹅塘村纪事》和《燕子歇脚的地方》两本诗集中。2012 年 7 月 6 日，首都师范大学中国诗歌研究中心召开诗歌研讨会，50 余万字的评论文章基本都围绕着"鹅塘村"展开，至此，"鹅塘村"彻底结束。之后，我特意中止了写作，陷入沉思。直到 2014 年，我一口气写出了《皎洁心》《大仓桥》《第三朵》等一批新作，甚至来不及考虑分行。这批作品构成了散文诗集《自然碑》的核心，我迈出了"走出鹅塘村"的第一步。

在以后的写作中，我可能还会写到"鹅塘村"，还会以清澈与浑浊的双重语调，在繁华和逼仄的城市，重温那些山河破碎的牧歌遗存和人心凋敝的挽歌回音。以后的"鹅塘村"和先前的"鹅塘村"肯定会有所变化，因为一个人对诗歌的认识变了，作品自然会得到相应的改观。在这些年的习诗过程中，我一直站在宏大叙事和空洞抒情的对立面，努力保持"低矮的视角"和"对微观世界的信任"。我不希望自己的作品直接与复杂的现实产生碰撞，也警惕自己成为文字的休闲主义者和人格形象的暧昧主义者。

"你看，风吹着有沧桑感的事物，总是那么恭敬。"我喜欢"恭敬"这个词。对一朵无名小花的俯视和巍巍青山的仰视，对世道人心、精神秩序和宇宙大道的冷眼旁观，对美丽而神秘的汉语言和诗歌这门古老的艺术，保持公正和恭敬之心。对热爱之物，不空洞地说出热爱；对愤怒之事，不简单地表达愤怒。诗人将外界的信息、自身的生活经验和对应的情感波澜托付给语言就够了，语言会帮助他实现灵魂的显身。

这些年，我一直思考：一、"诗"；二、读者通过阅读所虚构的"这个诗人"；三、生活中真实的"那个诗人"。这三者之间的融合与间离充满了诡异。在无数的可能中，"诗"、"这个诗人"和"那个诗人"，这三者之间，到底可以埋伏什么？可以发生什么？许多人对一位诗人优劣的判断，往往受制于这三者之间的悖论与陷阱。

2012 年至今，我研究了当代 100 多位比较优秀的诗人和他们的文本，2015 年又重读古诗词，对"诗歌是什么"做了一些思考。也许，诗歌就是"可以""怎样""塑造一个人"。"可以"是认识论，"怎样"是方法论，"塑造一个人"

是目的论。如果这样来评价一位诗人，许多模糊甚至正反两级的判断就可得到澄清。这样看来，我的以《小学生守则》为核心的"鹅塘村"系列写作，在自以为"可以"的认识论里，实现了"塑造一个人"的目的论。然而，在"怎样"的方法论里，做得还不够。认识论的"可以"和目的论的"塑造一个人"，都必须通过方法论的"怎样"来实现，"怎样"的关键在语言。而语言最古老、最迷人的力量是修辞。新诗百年最大的成绩，可能就是修辞的成绩；最大的艰难，可能就是修辞的艰难。这是一个修辞和被修辞的时代，谁也逃脱不了修辞和被修辞的命运。"灯光不用任何修辞就可以照亮黑暗"，这不是对修辞的反驳，而是向修辞的致敬。我们在修辞里写作，在修辞里生活，用修辞与这个深不可测的世界做着爱恨交加的交谈。每一个人、每一天都是修辞。2015年春，我开始写作《致万物》大型组诗，其中有这样的句子，"每一个修辞都有一个神秘的拐弯"。诗人是掌握修辞秘诀的人，"修辞"并不难，难在"拐弯"，"修辞"不是修辞密度的无用增殖，而"拐弯"一定是修辞智慧的突然转向。能用自己的人生和诗歌同时完成"修辞的拐弯"，这样的诗人非常罕见。陶渊明可以算一个。

『附诗』

小学生守则

从热爱大地，一直热爱到不起眼的小蝌蚪

见了耕牛敬个礼，不鄙视下岗蜜蜂

给寻食的蚂蚁让路，兔子休息时别喧嚣

要勤快，及时给小草喝水、理发

用月光洗净双眼才能看丹顶鹤跳舞

天亮前给公鸡医好嗓子

厚葬益虫，多领养动物孤儿

通知蝴蝶把"朴素即美"表演一百遍

劝说梅花鹿把头上的骨骼移回体内

鼓励萤火虫，灯油不多更要挺住

乐善好施，关心卑微生灵

关闭雷电，珍惜花蕾和来之不易的幸福

让眼泪砸痛麻木，让祈祷穿透噩梦

让猫和老鼠结亲，和平共处

让啄木鸟医治病树的信心更加锐利

玫瑰要去刺，罂粟花要标上骷髅头

乌鸦的喉咙、狼的牙齿和蛇的毒信子都要上锁

提防狐狸私刻公章，发现黄鼠狼及时报告

形式太多，刮掉地衣，阴影太闷，点笔阳光

好好学习，天天向上

尤其要学会不残忍，不无知

（写于 2003 年春，修改于 2015 年冬）

作者简介：

　　徐俊国，1971 年生于青岛平度，中国作家协会会员，首都师范大学第八届驻校诗人。曾获冰心散文奖、华文青年诗人奖、汉语诗歌双年十佳、中国散文诗大奖、中国诗剧场诗歌奖等。著有诗集《鹅塘村纪事》《燕子歇脚的地方》《自然碑》《徐俊国诗选》。现居上海。

关于《影子》一诗的写作境态

海城

很久以来，内心一直隐隐泛涌着一种情绪与冲动，想写一首关于"影子"的诗，又在某种莫名的羁绊中，久久迟疑，怀着难以驱离的忐忑，未及下笔。有时候，感觉与它很近，仿佛就伫立于对面，却又总是若即若离，犹如一场虚幻，触碰不到其魂魄，着实令人心恼，甚至有些坐卧不安。实际上，每一首诗的孕育和完成过程，对于我来说，都不是易事，充满着往复始终的磕磕绊绊，经历着攀登和探险意味。这绝不是有意夸大写作的神秘性，对抒写进行刷墙式的粉饰，而是个人写作境态的真实窘况。然而又是身不由己，仿佛注定要游走于文字的丛林。写诗，是我摆脱庸俗、自我拯救的一种手段。

从童年时代开始，身边无所不在的游弋的影子，即潜入心底，藏居于一个角落，滋生一丝丝好奇，勾起我探询的兴趣，并相伴着难以言说的隐隐的恐惧。那些四处游荡的影子，仿佛肆意纵情的幽灵，时隐时现，在我少年的心里，构成现实世界难以参透的一部分，既令我着迷，又暗含着一种危险的味道。历久经年，对影子的探究过程里，一直悬着一个大大的问号，且始终无解。它看似熟悉，日夜相遇，却又十分陌生，让我无从下手。似乎我与它都在等待一个良机，不仅是打个照面，而是形成一个屡屡交混的聚点，真正地进入彼此。由此引发了我对"自我"与"影子"关系的思考。在这种自我观照和内省中，倍感"本我"的高高在上，享有自由或某种特权，可以颐指气使，恣意放纵。而被动的"影子"是卑微的，处于低处的尘土里，追随着主人，一路匍行。同时，它也是"本我"的一种变异与折射所生成的向下的具象形态，更是另一个"我"的真实影像。在"本我"和另一个"我"之间，既充满分岐、矛盾，又有某种程度上的勾扯、契合，如同匿于内心的挥之不去的纠结，造成一种"甜蜜"的困扰，既享受它，又受其折磨。在忽左忽右的摇摆中，一步步趋进，靠近隐于微茫中的真相。然而所见的一切并不十分清晰，相反，依然呈现着一片令人烦恼的模糊。反复的受挫，渐渐累积着逆反的力，塑成向前推进的诱因及充分的理由。写作的信念，在一次又一次不见硝烟的角逐中，一点点占了上风，对构思实施缓慢的掌控。尽管这种掌控还存在疏漏，没有足够的把握，但向上的攀缘，总算进入了实质性的展开阶段，向一座座无名高地发起攻击。在预设的矛盾与冲突中，选择了"我们"为开篇的基调，这种选择避免了彼此的割裂和疏离，保持你中有我、我中有你的共存态势。

　　一首诗的创作过程，犹如一次次叩门。即便那扇门猝然开启了，宅第之中，也有更多的内室，需要小心翼翼地探访、搜寻。《影子》一诗的开首，以婚姻的征态喻指"终生一起在大地上行走"，并"患有共同的疾病"，确立互融共生却又尴尬无奈的相系现状。因"我"的存在，"影子"才随之诞生，共赴不同轨迹的现实，品哑各自的体验。"始终是我站立，你在地上爬行"，人生个体所处的位置，有高有低，指向各异，所呈现的样貌和感受也不同。虽然如此，需呈现"狂舞"的状态，激发生命的能量，使其蓬勃，"欢愉地吟唱"，象征被精神上的"幸福"所充盈。"我们"中的"我"和"你"，看似分离，实为同体，像两个孪生子，彼此相窥，成为时时彼此烛照的镜子，发现各自的无法避免的缺失。一首诗的布局，由此铺开，穿过晦暗又渗出微光的幽廊，向纵深叩探。那喜欢闪藏的隐秘，躲在夜色包裹的某处，等待着被发现。寻觅之中，我仿佛听到了不远处的心跳，在不停地召唤着，让我寻着蛛丝马迹，一点点地接近、接近，直至在某一处与其相遇。当然，这种相遇有其偶然性，面对"每个夜晚的笼子放出的小野兽"时，不可逃避，"我们"是"最好的同谋"，让"我"从"影子"的返回中，自"灵魂内部"获得自观的良机，以达到一种内醒与彻悟。在追觅性的表达里，地上舞蹈的"影子"，多么像另一个"我"，卑微而又清高倨傲，混迹于茫茫的人海，试图触碰"无法激活的死穴"。每一次类似的触碰，都需要勇气，经历着痛楚，也必由此，才一次次获取自我的拯救。灯火之下，与"影子"的对视中，它"丢掉翅膀"，而"我"也同样残缺，因此"我偏执地相信，一张打着补丁的人皮/仿佛是定做的，正好适合我"；它如同一个护佑或救赎者，一路相伴，矫正行走的姿势与步履跑偏的节奏，也发现自我选择和每一步行走所衍生的谬误。一首诗的转折部分，犹如另一处别有洞天的居室，里面的摆设，考验着写作者的直觉和感知的敏锐程度，当然，放置什么，舍弃什么，对诗人来说是一种瞬间的考试。在此大考中，还包含反复对语言打磨之后的提取能力。语言是诉诸个人情感的第一利器，熟悉并掌握"语言的秘密"，是诗人必备的素质和基本的技艺。或许对任何一位真正意义上的写作者而言，这都是一个令人头疼的、一次次冲关的艰难旅程。同语言的博弈，虽不动刀枪，却也并不是完全风平浪静，毫不夸张地说，可算是一场优雅的厮杀。诗人不是每一回都能获胜，也有不少落败的时候，堆积写作上的语言烦恼，这是没有办法的。深谙这一点，只有拿出勇气，勇敢地向前，怀着应有的敬畏，或许还有光荣，靠近它，触摸它渐渐开启的光芒。

在"我"同"影子"的特定关系中，"影子"一直是被动的、受驱使的，这势必导致相互关系的失衡，"即使你不说话"，或许已在表面的平静里，酝酿着愤懑的暗流，滋生"仇恨的钉子"，想表述的正是由此种客观存在及混杂着臆想的担忧，从往昔的"伤口处抽芽儿"，展览着过往时光的惊悸与疼痛，让"我"不由自主地回望，发出几声叹息。"我"独享着精神愉悦的快意，品咂着"梦的虚幻"，以满足"我需要的"。在一种令人陶醉的舞蹈里，血脉偾张，真实的欢欣，"抵达我的想象，一如前世的月光／可以辨认出我"。"而你被彻底掩埋掉"，在二者之间，其中的一方，上演着个体悲剧；这不是"我"所希冀的，实属无奈，同时造成内心持久的困惑。现实就是这样残酷，不可能完全救赎，达到平衡，或许从初始即是如此。经历了种种犹如芒刺在背的隐痛、裂变、失控，及惺惺相惜地愧疚与怜悯，负罪之感日日滋生，形成一股野蛮的势力。在此情态下，也是为了稀释胸中郁积的块垒，设定了另一种况境："假如有一天我们交换了身份/你行走，我在地上匍匐/像奴仆那样追随着你/那会怎样？"将"我"剥去身份，失去应有的社会属性和意义。置身于尘土，低得不能再低，彻底变成一个"奴仆"，一个无言者；没有什么比这种互换的置设更为真实的了。虽然这种互换的真实衍生于虚拟，却呈现了现实层面的真实脉络，及隐含其间的人性的印迹。存于自设的窘境中，一边"匍匐"地行走，一边发出生存具态变幻后的追问，在一种类似内窥的自省里，反观自身，也告慰藏匿着怨懑的"影子"，"我们"始终是同体的，不可分割的。在此境遇下，一同迈向"夜的街道"，相携进入"梦游"的状态，完成一次共舞的漫无目的的旅行。倘若"一棵树允许我爬上去，遥望黎明"，那么，"我们最终将一同倒下，在晕眩中合二为一"。如果能够彼此相契，"一同倒下""晕眩"的处境不算什么，那只是人生过往中所需要的短暂的休歇，或者说是相互嵌入结为同盟，共御外部世界寒冷的举动，是一次具有生命底蕴的行为艺术。

　　每一首诗都宛如一条虫，寄孕于生活的茧中。诗人要做的，就是尽可能地履行并做好幽暗中的自我修炼与孕育，使诗能够在一束束富有生机的光芒里，顺利地叩开诞生之门。《影子》一诗的完成，令郁结于我内心里的一团硬块得以柔软，消泄了一口久积的凝滞之气，也算是对个体生命经验的一个交代和并不圆满的回答，自此畅爽了许多。回首当初的种种建构时的疑惑、种种困窘，以及一点走近的亢奋和快感，倍觉所做的一切都十分值得，是一次对灵魂的纪念。我也深知，其间的倾诉必有瑕疵和遗憾，但这是无法弥补的，充满了尴尬。我个人能力的范围，只是囚禁它一段日子，就任其逃脱管束，像一个对远方甚感好奇、跃跃欲试鼓动翅膀闯天下的雏鹰，一旦冲出去，它将一去不复返了。它已不属于我，也不需要主人的庇佑与宠爱，伴着一己的命数，奔向岁月的江湖，或亡命天涯，或于近处，折戟沉沙。

『附诗』

影子

我们要终生一起在大地上行走
这是没有办法的
像一场无法摆脱的婚姻
我们患有共同的疾病

始终是我站立，你在地上爬行
狂舞的舞蹈有一部分是我的
这一路的阳光麻雀
在我的肩头搭窝，它们欢愉地吟唱
潜入每一片叶子的耳朵
我的双耳被幸福融化掉了

每个夜晚的笼子放出的小野兽
是我们最好的同谋

你潜到我身上，窥探灵魂内部
无法激活的死穴

一盏灯驱使你丢掉翅膀
我偏执地相信，一张打着补丁的人皮
仿佛是定做的，正好适合我

即使你不说话
我同样知道你愤怒里生长的
仇恨的钉子，将从伤口处抽芽儿
梦的虚幻是我所需要的
像月亮紧裹的女人
抵达我的想象，一如前世的月光
可以辨认出我，而你被彻底掩埋掉

假如有一天我们交换了身份
你行走，我在地上匍匐
像奴仆那样追随着你
那会怎样？夜的街道适合梦游
一棵树允许我爬上去，遥望黎明
我们最终将一同倒下，在晕眩中合二为一

（原载于《诗刊·下半月》2010 年 3 月号）

作者简介：

　　海城，本名侯瑞文，另用笔名海小城。1962 年生于北京。20 世纪 80 年代初开始习诗，相继在《诗刊》《中国作家》《北京文学》《诗探索》等刊物发表诗文。1997 年出版诗集《永远的守夜者》，同年加入北京作家协会。现居北京。

枯萎的人

离离

我喜欢那种鱼和水的细腻，喜欢黑暗突然而至，喜欢在静寂中半截旧蜡烛被翻出来，突然亮起来的光芒照着我们的脸和那些安静的日子。

记得我5岁时，村里才通了电。通电之前，家里一直用煤油灯。那种气味很难闻，但那种难闻的气味背后是光明，所以每个人都能够容忍并习惯了那种味道。我大概4岁的时候，第一次去外村买煤油，我只是顺着人们排好队，等着用瓶子装了煤油后就带回家，以为买煤油就是那么简单的事。之后那家商店的主人捎话向父亲要煤油钱，方才觉得自己干了件很丢脸的事情。

后来父亲把家里的煤油瓶子都扔了，我们也渐渐远离了那种味道。遇到突然停电的时候，村子里一片漆黑，除了偶尔冒出来的几声狗叫，仿佛那些稀少的动静会为我们带来光明。黑暗中总是盼望能有什么动静打破那份寂静，我一直守在门外，等着某种声音过后，家里突然亮起来。最终还是父亲拿出半截蜡烛，屋子里才有了朦朦胧胧的亮光。

父亲离开我们的 13 年当中，我们遭遇过很多次停电，每次家里突然黑下来，我就急忙找出之前用剩的蜡烛点上。每次，都会想起父亲为我们点蜡烛。他拿着燃着的蜡烛慢慢移动，看放在哪个位置最合适，其实只是找一个最适合照见我的地方。

那些昏暗的灯光里有父亲无尽的疼爱。

老家的屋后有一棵杏树，不是特别高。小时候我喜欢爬上树去摘杏吃。从杏儿青到杏儿黄，我几乎天天都要摘一颗尝尝。为此，父亲总笑我馋，叫我馋丫头。有时候，他会一直陪在树下等我下来，我以为他在等杏儿吃，其实他在等我安全地下来。

等杏快要熟了的时候，树上已经挂着不多的几颗了。暑假时，父亲去地里之前都要摘几颗杏带上，他特别喜欢吃杏。有时候恰好遇到我在树上，我就摘几颗给他，然后看他静静地坐在树下吃。

我喜欢看着父亲在树下低头吃杏，或抬起头笑着看我，有时他用双手接我下来。那时候只要他在树下，我就会有很强的安全感。只是后来我很少吃到杏了，父亲也越来越老了。也许他还会去树下张望，够不着的地方用拐杖敲几下，杏儿就会掉下来。他捡起那些沾了土的杏，再用袖子拭擦干净。每年杏儿熟了而我不在家的日子，我总会这么想。这时心情就会涩涩的，像青杏儿。

那一年父亲去世时，树上的杏儿已经有大豆那么大了。送走父亲后，我一个人坐在树下看村里的孩子们摘杏儿吃，心里就难过。这世上最疼我的那个人终于去了。一晃十多年过去了，那棵杏树后来被哥哥锯掉了，它还没来得及完成树木枯萎的过程。

父亲去世已经整整 13 年了。13 年里，周围的一切都已改变了原来的模样。我不停地在诗歌里回忆他。当然，这只是回忆的一种。

他去世时我和哥哥都不在身边。之后一直感觉我们欠了他的，这辈子都没有机会去弥补了。有时候我总想着他还活着，他用过的很多旧物件还在乡下的老屋里，可我不忍心再看，也不敢再看。

因为尘土一层一层覆盖了它们。

那些灰尘也重重地落在我的心里。

有时候也会有尘土簌簌往下掉落的声音，我的耳朵里接着会挤满各种声音。风声，雨声，麦芽破土的声音，树木落叶的声音；亲人的咳嗽声，墙角的蜘蛛结网的声音，牛羊入圈的声音，夕阳暗下去的声音。

以及泪流的声音。父亲离开的 13 年，他引来过一次唢呐的声音。

它们挤得那么紧，组成一个饱满的玉米棒子，继而惶恐地绽开的声音。有时候是一片叶子，或树木完整的身体。有时候又是茫然一片，它们全都消失了。

我担心我有了幻觉，我担心的事情不停地在发生。我担心我已经老了，可父亲还在他的那个年龄，在丛草间活着，无人陪伴。

这让我不止一次泪流满面。我记住的父亲的样子，现在是那些活在他坟头的草。它们有时候不想替父亲活着了，就慢慢枯萎，在下一年的春天，它们又重新活过来。

像草一样活着的人，是我的父亲。

很多次，我想他了，不知道怎么说，即使说出来，也无人听得见。然后，我帮自己校正错了的口型，说，我们之间横着一大片枯萎。

『附诗』

祭父贴

最近我很难过，唯一能想到的亲人就是你
可你在深土里，那年我们一起动手把你埋了，
我很后悔。现在。
也许你试过很多种方式，想重新活过来。
要是选择植物，你一定能高出自己大半截了。
可你坟头的草，长高的那些都被村里的傻子割了。
我刚刚从田边走过，每年的庄稼哥哥都收了，
他说你也不在其中。

如果，你选择的是昆虫，我不知道
你会喜欢哪种昆虫的名字。
那时候家里飞进一只七星瓢虫，你会马上捉给我看，
就在你的手心里，红色的身子上有黑斑点。
现在我的左手手心里捧着一只，貌似多年前的那只。

我右手的食指正要轻轻地碰碰那只觅食的蚂蚁，它真瘦。
我反复寻找它的骨头，突然就触到你的。
已经不能再瘦了，那些骨头。乱了。散了。
十一年间，我是没有父亲的孩子，但想象过
很多种骨头排列的形状。即你的样子。
原谅我，父亲。

也许就是这只蚂蚁和它的同伙
动过他们，改变了原来的你。
之前每次来看你，妈妈说少在你坟前放食物，
怕招来虫子。也许就是这个道理。
怕它们吃着我留给你的食物，
闻着气息，就找到下面的你。
可我每次都没听她的话，也许我真的会
害了你，我可怜的父亲。

这一年我过得并不好，就加倍地想你。
有时在夜里哭醒，睁着眼睛看看
窗帘上的月光，想你若是光，飞来。
你可以上到天堂（是我的所愿），
也可以回到人间（是我所等的）。
光穿不透的地方，再不要去了，
比如地下。我再也不会借着土的力量，
把我们分开。

作者简介：

　　离离，女，20 世纪 70 年代末出生于甘肃通渭。中国作家协会会员。参加《诗刊》社第 29 届青春诗会，两次入选"甘肃诗歌八骏"及甘肃省委宣传部"四个一批"人才。获《诗刊》2013 年度青年诗歌奖、2014 年度华文青年诗人奖、第五届中国红高粱诗歌奖、甘肃省敦煌文艺奖、黄河文学奖等。出版诗集三部。

一次简短的对话和《磕长头的旺嘉》

耿国彪

我一直相信人的一生中，有很多事情或经历是属于宿命的。我与西藏的两次邂逅和布达拉宫的两次谋面都有这种成分。

2012 年夏天，与简明、谢克强、王妍丁等几位诗人一同来到拉萨。如同到北京逛故宫一样，热情的主人安排我们到布达拉宫一游。也许是高原的缘故，含氧量稀薄的空气呈现出独特的质感，上午的阳光新鲜洁净，风哗哗作响。抬起头，拉萨的阳光让我的眉头忽地一皱，先是感觉到一股惆怅，接着是一种满足。就像蓝天白云和阳光映衬下的布达拉宫，不由自主地让人升起一股神圣感。

布达拉宫坐落在一座小山上，由下及上，分为多层。参观布达拉宫可以从山下的广场大门进，也可以从山顶的后门进。这一次我们的行程是由下而上，从众信徒顶礼膜拜的广场正门进入，一级级上，至最高处后门出来。这个行程与我 2004 年参观布达拉宫时的路线正好相反。一正一反，8 年的时光，使布达拉宫在我的经历中有了时间的纵深感。但一切如旧，房舍相同，阳光依然，仿佛进进出出礼佛的人都没有任何变化。

8年的时光，恍如一梦，而我行走的脚步如同在梦中迈动。那是高原的风雪吹拂着漫无边际的空旷，也是高原的牛羊用皮肤感知大地的脉动。也许在神秘的高原，那种超越生命的蓝清洗了世间的一切，只留下了遥不可及又伸手可见的时光之梭，让这里的人们把愿望种植进脚下的泥土，并且能够开花结果。而我的8年时光在布达拉宫是一盏酥油灯的燃烧，也是一幅唐卡的静静垂落。生命的灰尘依旧漂浮在门槛一侧。

参观的一路，我们都彼此无话，尽情放纵自己的内心，希望在布达拉宫中能够找到青藏高原或者藏传佛教的神奇密码。进进出出虔诚拜佛的人，以及宫殿内陌生的经文、飘扬的经幡、精美的银器，似乎都是进入的通道，但最后差不多都是无功而返。一个多小时的时间，我们陆续走出后门，来到满载阳光、转经筒和贩卖牛角银饰叫卖声的山坡街道。一些人去商店寻找送给亲人朋友的礼物，一些人站在街边休息。我属于后者。

对于拉萨，我始终无法进入它的精神世界。此时，在十字路口，对面是一群忙着采购的僧人，天空下他们面孔温和，把世俗和佛紧紧联在一起；而我身后的漂亮女孩嗓音清脆，去赴晴朗的约会。这是怎样一个未知的世界，那些像道路一样铺向灵魂深处的词语我不能认清，也只能从表象上寻找答案。

在青藏高原，很多地方是看不到树的，恶劣的气候和高海拔的缺氧使树成为很难生存的物种。但拉萨树是很多的，尤其是在布达拉宫周围，生长着很多粗大的柳树，相传是当年文成公主进藏时栽种的，也因此被叫作公主柳。

就在我准备到一棵粗大的公主柳下歇息时，忽然发现那棵树下还坐着一个人。他蓬头垢面，身上的青色藏袍泛出一股黝黑的光泽，身前包裹着一块厚厚的油毡布，手上绑着两块木板。这是一位从遥远的藏区到拉萨朝圣的人。可能是经历太多风雨的缘故，他的肤色黝黑而粗糙，让人无法一下看清他面部的轮廓。见到我向他走过来，他羞涩一笑，露出了洁白的牙齿。

在通往拉萨的各条道路上总能看到一些将心灵交付给圣地的人，他们往往从家乡出发，风餐露宿，用自己的身体丈量大地。他们一步一个头，缓慢地穿行在隆起山峰、陷落深谷以及摇晃的月光之间，为的就是完成一个信念。这是一种简单的生活，一种生命和时光的慢，他们让钟表失去意义，让追逐成为不可能的思想。

我在他身边坐了下来，并试着向他问了一声好。令我惊讶的是，他的汉语非常好，完全没有交流的障碍。于是，就有了下面一段简短的对话。

"请问你叫什么名字？"

"旺嘉。"

"你来自哪里？"

"青海海东。"

"你用了多长时间来到拉萨？"

"3年。"

"你今年多大了？"

"40岁。"

"成家了吗？"

"没有。"

就这样一段简短的对话后，旺嘉继续前行，我的同伴也开始呼唤我上车。在回宾馆的路上，我一直在回味和旺嘉的交谈。我试图从中找到一条进入旺嘉内心世界的道路，但始终没有成功。也许我们是分属两个世界的人，内心对外界的感知方式完全不同。就像八廓街上熙熙攘攘的游客和围绕大昭寺手握经筒转寺的藏民，虽然脚下踩的是同一片土地，但内心坚守的却是截然不同的东西。那些比阳光醒得更早的藏民，由经幡竖立的桅杆处开始祈求来世的幸福，他们口诵经文面含微笑，转动的经筒中有起伏的山梁和月光的哈达。八廓街商贩的叫卖、游客的脚步与他们无关，现实的寺庙和内心的佛是他们行走的道路。

思索中，我仿佛听到了寂静的喧嚣，听到大地深处的酒唤醒更深处的酒和岩浆，听到在青藏高原的更远处一个寂寞的嗓子在行走中不自觉地放出的歌声。而这些都最终归于佛，归于法相庄严的黄金杯盏。

人的一生中会有很多的十字路口进行选择，它指向未知生活的不同侧面，也往往令人摇摆不定。但旺嘉和像旺嘉一样的人们在前行的过程中，没有十字路口，甚至不需要路标，因为他们的目标只有一个：拉萨布达拉宫、佛和圆满。

他们行走，不管身前是阳光还是风雨，也不管身后是喧闹还是寂静。他们没有时光的记事本，也没有灵魂的留言簿，无论远近，飘动的经幡永远是内心的彩虹。

这些都是我的臆想，和旺嘉无关。

而《磕长头的旺嘉》一诗，只是当时场景的一种客观描述，我无力解开的谜只有交给具有大智慧的读者朋友了。

『附诗』

磕长头的旺嘉

由青海到西藏

由心中的湖到佛的圣地

旺嘉用三年的时光点亮了梦的灯盏

一件泥土聚集的藏袍

两块触摸大地的木板

带着他一步一步向佛靠近

他安详地伏下身躯

以最低的姿态仰望拉萨

如同一曲雪山的牧歌

固执地赶赴神的约会

旺嘉的身体下

高原的春天被拉长

一群羊和一群牛的春天被缩短

在布达拉宫的经筒前

我遇到旺嘉

青海的青　西藏的蓝

变成了他漆黑面庞中的一口白牙

他告诉我今年 40 岁

还没有碰到生命中的卓玛

短暂的攀谈后

旺嘉又伏下身躯

头顶有蓝天中的两只鸥鸟

身旁是猩红藏文书写的经墙

留给我的

是木板敲击地面的两声清脆的余响

作者简介：

　　耿国彪，1972 年生，河北雄县人，现在北京工作。中国
作家协会会员。曾在《诗刊》、《星星》诗刊、中央电视台、
中央人民广播电台等各种媒体发表作品 1 000 余篇（首）。获
新世纪北京文学奖、关注森林新闻奖及各种奖项 10 余次。
2000 年参加《诗刊》社第 16 届青春诗会。出版诗集《诱
惑》《留守的男人》《筑梦北京》，摄影配诗《大地精灵》
《羽翔蓝天》等。

大海深处的狂澜与抚摸

谈雅丽

我相信，每个诗人的内心都有一个深渊！就像半睡半醒的休眠火山，外面白雪皑皑，内里的岩浆却悄然沸腾、奔涌。

上帝制造了一些相似的灵魂，以此减轻人世的孤独。年轻时，我爱上一个人。满满、热烈、窒息的爱。我们分隔两地，极尽相思。夏天他去外地，我独自沿着沅水河堤漫步，无尽思念的我忽然强烈感应到他遥远的存在。我那么确信他在黄岛金沙滩，一个我从来没有去过的地方。我短信给他："亲爱的，你在黄岛吗？"他在金沙滩的礁石上给我回信："是啊，你怎么知道的？我正在想你！"

一刹那，我感到全身长满了触角，而我所有的触角都朝向我的爱人抚摸。在午后的烈焰下，我只有用笔才能去往他所在的王国——

"蜂鸟成群地飞舞，海边停靠的船舶，暗红的三角梅，明亮空阔的海湾，从如醉的酒杯里倒出的波浪。"我写下诗歌《想念黄岛》。我用全部的情感来写，汩汩不绝的词语，随意涌流的句子以及连绵不断的意象。我让诗歌在不可抑制的激情中自然形成波澜起伏的节律，但我想表达的仅是深爱。

我相信爱是有感应的，相信跨越千里之外那种亲人之间心心相系的预感。

人们总是和某些特定的地方结缘，这些地方深藏在内心深处，就像保存在时空里珍贵的宝石。几年后，我到青岛看望一个女友，我们坐车经过胶州湾大桥，这是世界上最长的跨海大桥。海水浊黄，波涛汹涌，我感觉就是在海洋之上行走，朋友告诉我，胶州湾大桥连接的正是青岛、红岛和黄岛。这些岛屿经由大海奇妙地相通着，我虽与黄岛擦身而过，但这个美丽的岛屿仍然是我心中最美好的向往。或者此后我与爱有关的诗歌都是从黄岛开始的，黄岛只是一个心灵触发点。

2010年《诗刊》7月号刊发了我的创作手记《大海深处的狂澜与抚摸》及组诗《所爱》，当年的诗歌年度选本将《想念黄岛》选载。又过了两年，黄岛当地有个叫杨文闯的诗友无意中在网上搜到了我的诗歌《想念黄岛》，读后大为感动，写下了长篇随笔《博客偶遇谈雅丽》，并将随笔及我的诗歌刊发在《黄岛日报》上。因为诗歌，因为爱，我与黄岛从此有了更深的缘分。

一首诗是用两种东西凝成的，一种是泪水，一种是血液。泪水是情感的自然流露；而血液总是奔涌在离伤口最近的地方。爱到极致，抒写极致，我的每一个毛孔，每一个词语，每一个细胞都是向爱而生的花。没有遮蔽，只有无限敞开。

海德格尔说："向死而生，向诗而生。"文字就有那么奇异，让遥远的心灵转瞬近在咫尺，想起因爱而生的黄昏黑夜，

想起人生的重逢久别，想起心灵的空茫酸楚，深爱的狂欢落
寞，想起诗歌对于人生和情感无尽地抒写，想起大海就在远
方动荡，不断涌起的狂澜与抚摸……

『附诗』

想念黄岛

许多黄昏我想念那个漂浮在大海之上的小岛
想念岛上蜂鸟闪烁的翅膀
晚霞在沸腾的海水中滚动，奔跑的波浪
带回你闪闪发亮的船队

许多深夜我想念你海崖深红的三角梅
暗夜里它们欸乃一声，神秘地合唱
月光从海水中浮出，照到了你——
明朗空阔的海湾，海湾的驳船如一只倾倒的酒杯
流泻美酒如丝绸一般地涌动

许多清晨我想念鸟卵一样莹白的贝壳
想念九月的飞鸟，在高空平稳地滑翔
抖擞，它们翎羽上的阳光反射着红光

仿佛你将嘴唇贴在——我最柔软的身上

许多下午我想念海滩遗落的脚印
我们赤脚徜徉、奔跑，和着海风吹动的笑声
岛上忽降的阵雨，细密落向海面
如你拨动我的心弦，亲爱的
你却听不到我胸腔里，磅礴而温柔的震荡

无数昼夜我想念你的黄岛，那里的枝橙、藤萝
回声和细浪。想念你海水泛滥的白天
晚潮退隐的夜晚和星光
想念爱在很久以前藏身于大海的深渊
现在，它就要被一个海边寻宝的渔夫
金币一样地拾到——

作者简介：

谈雅丽，湖南常德人，中国作家协会会员。曾参加《诗刊》社第 25 届青春诗会。获首届红高粱诗歌奖、华文青年诗人奖、台湾叶红女性诗奖和湖南省第 28 届青年文学奖。诗集《鱼水之上的星空》入选"二十一世纪文学之星"丛书，由作家出版社出版。

想起

黄芳

7年前，我去采访一个14岁的脑瘫男孩。

记得那天太阳很烈，有风吹起沙子，吹得我脸生痛，眼睛无法睁开。我冒着烈日在小巷里到处转，终于看到了他们家白底蓝字的门牌。

来开门的是男孩的母亲，她疲惫而又平静，说："黄记者吧？请进。"

男孩靠在一张特制的椅子上，头歪在肩膀上，脖子上围着围兜，因为他一直流着口水。

我蹲在他身前，叫他名字：ZZ，ZZ。

听到声音，他努力着想要抬起头，但是徒然。

我把他低垂的、无力的头托起，再托起。我看到了他极其明亮的双眼，看到他苍白而又灰暗的脸庞。

我抚摸他的瘦长手臂。我说："你的眼睛真漂亮。"

他对我笑，嘴巴发出"妹妹"的声音。我愣了一下，他又再次发出"妹妹"的声音。眼神中的期待像是祈求。我来不及细想，大声地"哎"。

我看见眼泪从那双明亮的眼睛里流了出来。

那是他身上唯一明亮的部位。

很快我的手就酸了，不得不轻轻放下他的头。终是要放下的——一个人的头，怎么能依靠他人的力量来支撑？

那个母亲走过来，很熟练地把他的手放在也许是他最舒服的位置，顺手拭干他的泪水，并捋了捋他的头发。她依然是疲惫而又平静的表情，眼神坚定。她一定流过很多泪，但现在已经没有泪了。

"我会再来看你的。"告别时，我再次托起他的头，对着他明亮的眼睛说。

我的力气不足以把他撑在椅子上的手拉起，只好放在他的手背上。

那无力的、软弱的、热的手背。

然后，我离开。

小巷里，有风有沙有嘈杂的声音，它们缓慢地到来，再缓慢地消失。我的脸有点痛，眼睛无法睁开。

此后，我又去看过 ZZ 两次。他一次比一次无力，绵弱。

他喜欢叫每一个年轻的女性为妹妹。如果你应了他，他会努力地扬起双眼。那双眼非常明亮，而且滋润，特别乖。

他母亲说，ZZ 曾有过一个妹妹，不幸病逝了。

不久，ZZ 也走了。留下一个目光空洞的母亲。我从没见过他父亲，他们也没提过。在这所有的悲痛日子里，那位父亲在哪儿？

2009 年，我去某陵园采访，想做一个守墓人的专题。那天阳光普照，园林式的陵园，更像一个度假山庄。我在墓地来回走，然后看到一个14岁男孩的墓碑。上面写着一行字：宝贝乖，妈妈爱你。

我脑中迅速地跳出那个绵弱无力、头歪在肩膀上的男孩ZZ。当然，这个墓碑不是他的。

我轻轻地一个字一个字地触摸着墓碑上那几个字，眼泪跌落，发出砰响。

2015年1月24日，我偶遇ZZ的母亲。我不知道说些什么，而她依然疲惫而平静地笑：ZZ跟他妹妹在一起呢。

她已经不再悲伤。也许很久以前她就已经学会不再悲伤。

——生命有归途，只是迟早的问题。

2015年1月29日

『附诗』

想起

第三人称是个秘密
想起离开墓地时
枝丫突然在空中晃动
噢,太阳突然很好
想起跟守墓人挥手告别
他脱下帽子,微微地弯腰
咬着他裤管的小狗
毛发黑亮,尾巴
越摇越快
她越走越远,墓地
落在后面
——天堂或地狱
门前都有台阶
想起那些灌木,松柏

枝丫上的乌鸦
14 岁男孩的墓碑上
有一行小楷：宝贝
在这等着妈妈
噢，特别乖

2015 年 1 月 29 日

作者简介：

　　黄芳，生于广西贵港，毕业于广西师范大学中文系。出版诗集《风一直在吹》《仿佛疼痛》。2010 年参加中国作协《诗刊》社第 26 届青春诗会。现居桂林。

《晴空下》记

韩文戈

　　《晴空下》虽然不是我最重要的一首诗，但却是我格外喜欢的一首诗，以至于我拿它做了我最近一本诗集的名字。对于这首诗，在不同渠道公开以后，产生了一定的影响，评介、点评文章有 10 多篇，在纯诗歌刊物发表后，又被《读者》的原创版等不同综合性杂志刊登，它还被不同朋友做了朗诵版放在网络上。

　　这首诗写于 2009 年，在不同的点评者笔下有过不同的解读，此外我还借着别人的耳朵听到了一些有关此诗的议论，比如，一个男人干吗要渴望"拥有三个、六个、九个爱我的女人"呢？诗人思想很不健康，动机也不光彩。这当然不足为奇，也不足为怪。对于诗歌的欣赏与解读，是允许误读存在的，恰恰是误读才使诗歌文本的存在价值有了无限可能性，这类似一盏灯与它的光晕一样。至于其他解读者，各自有各自的诗歌阅读经验，各自有各自的切入视角，但都自成一体，自圆自话，我都以真诚与感谢的心态给予肯定。在解读诗歌

《晴空下》记／303

《晴空下》记

韩文戈

的情境下，诗人几乎就是个供销商，把诗摆上桌面，至于读者取走诗人提供的诗歌，是红烧还是清蒸，是煎炒还是慢炖，就都随他去吧。

事实上，这首诗的写作源于我的身体。2008 年，奥运会在北京举行，举行之前有个仪式叫火炬传递，我所在城市的一个下属县是革命圣地，像火炬传递这样的事情总是要在类似的地域举办的，我作为一个所谓的"维稳"人员在火炬传递之前的 3 个月就吃住到县里，主要目的是"维稳"。我记得很清楚，经过 3 个月工作，终于等来了奥运会的开幕，2008 年 8 月 8 日的当天晚上，这个县里的上百位"维稳"队员都集中到一个叫驼梁的风景区搞庆祝，夜空下的驼梁凉风习习，明亮的大星星安静、高远，大家在看电视的同时，一边唱歌跳舞表演节目，一边喝酒烤全羊烤玉米烤毛豆烤山韭菜。我突然感到了身体的不适，自那天开始我知道自己病了，直到 2009 年春天，我被确诊为一种不可逆的慢性疾病。

这种疾病的确是不可逆的，不可逆的意思就是无论打针还是吃药，都只能缓解病情而不能痊愈。那年我 44 岁，对于44 岁写诗的男人而言，这样的疾病其后果是可怕的，没有人不怕死。自此，疾病与写作、生命与写作、时间与写作所带来的诗思开始顽固地被我倾注到笔尖，我对人世，对人群，对人际琐事，对往事、当下与未来，对生命存在都有了新的认识与态度，并陆续写下了包括《晴空下》这首诗在内的一大批诗作。

有了这个背景，我们再回过头来看一下《晴空下》，有些问题似乎就迎刃而解了。对一个正常人而言，他的梦想是无可指责的。而那时，对于我这个乍一患上疾病的人，我甚至想拥有整个世界，拥有一次重生："她们会生下一地小孩/我领着孩子们在旷野奔跑。"这完全是对人类生命力与生殖力的赞美。当然，那时所谓的拥有一个世界的奢望早就放弃了，我把我的生命之思全部放进了我的诗歌，平静，简单，和解，放弃。

每当喜悦、忧愁、疲累、忏悔来临，我都会第一个想到我的故乡岩村，对于岩村，我除了赞美还是赞美，这不仅仅是因为它的朴素与美丽。其实岩村是我的第二故乡，我把第一故乡弄丢了，而岩村在我的生命里永远属于我的源头：诗歌与生命的源头。1964 年，我出生在一个九口之家，父母、哥哥、姐姐、弟弟，我行五，那时正是中国天灾人祸闹饥荒的岁月，我们冀东山地也不例外，我生下 100 天后，被我的生身父母送给了邻县我的岩村养母家中，我说岩村是我的源头与再生之地毫不为过，而我的那些岩村伙伴，在我的生命历程里一直陪伴着我，直到今天——大学二年级那年，我人生第一本铅字排版的内部诗集，就是他们凭着年轻稚嫩的肉身在开滦煤矿、在私人水泥厂打工挣得的血汗钱为我筹款付梓印刷的——锁头、冬生、国生、云、友和小荣，如果有来生，我们还会跑进岩村的月光，做贫穷中的兄弟与姊妹，"我们像植物一样/从小到大，再长一遍"。

晴空之下，万物生长，万物灭绝，万物再生。好吧，重生。

『附诗』

晴空下

植物们都在奔跑。
如果我妈妈还活着，
她一定扛着锄头，
走在奔跑的庄稼中间。
她要把渠水领回家。

在晴天，我想拥有三个、六个、九个爱我的女人。
她们健康、识字、爬山，一头乌发，
一副好身膀。
她们会生下一地小孩，
我领着孩子们在旷野奔跑。

而如果都能永久活下去，
锁头、冬生、云、友和小荣，

我们会一起跑进岩村的月光，重复童年。

我们像植物一样，

从小到大，再长一遍。

作者简介：

　　韩文戈，男，1964 年生，冀东丰润山地人，现居河北石家庄。1982 年开始诗歌写作并发表第一首诗，1995—2008 年潜心写作，不再参与诗坛任何活动，不再发表作品，期间写下了大量诗歌。2009 年随着身体被确诊患有一种不可逆的慢性疾病后复出。出版诗集三种，得奖若干，习诗至今。

为什么我想要写一首有专业价值的诗

黑枣

2014年7月，我和妻子合出了一本书《12·21——献给结婚二十周年》，收录了我俩20年来断断续续写的一些散文随笔，都是一些已经在报纸杂志上发表过的生活笔记。之所以结集出版，没有其他，只是为了做一个纪念。是自费出版的，花了两万多块钱。钱不好赚，但我们觉得值。妻子说：人家一顿饭，都能吃个一万两万的。

书出了以后，照例是该送的送，能卖的卖。妻子有一个情同姐妹的读师范时的学妹，可以说她们俩相互见证了彼此的爱情与婚姻。在第一时间给她寄书的同时，妻子跟她开玩笑道：书出了，你要包销几本？学妹也太实诚，竟然没听出说笑的成分，支支吾吾地答不上来：之前师范的老师×××找我推销论文集，我订了300本；还有×××老师，我也帮助他销了200本。可是，可是你们这本书不是学术性著作，没有专业价值……

我在旁边听得清清楚楚，但是我发誓我的心里没有生出一丝芥蒂。妻子的学妹是很好的一个人，她对妻子，对我们一家，就像自己的家人一样。她是一所实验幼儿园的负责人，订几百本教育论著，她有足够的理由和权限。但是，如果让她挪用公款买下我们的这种闲书，就算是我们也全然仅限于开开玩笑罢了。

文学，基本上是边缘化了。何况像我们这样生活在社会底层的无名之辈所写的鸡零狗碎，文学价值都没有，更谈不上一丝半点的专业价值了。说老实话，我们那本书出来后很长一段时间，我都在想：出版这么厚厚一本书有啥用？如果能换一篇妻子的论文发表，评职称的时候能用上，我宁可不出。

回头再说到诗歌，诗歌无用。在这个世俗的年代，诗歌显得尤其尴尬。在我的书店，我曾经理想主义地设置了一个诗歌专柜，专卖诗人签名本，以为是一个亮点。可是终究无人问津，最后只好撤掉。曾经有一个人误买了我的诗集《亲爱的情诗》，刚走出店门片刻，马上返回，换了一本流行的励志书籍。更不用奢望一本诗集，能够冠冕堂皇地跟一瓶酒甚至酱油摆在超市的显耀位置了。

那天晚上，我在手机上一气呵成写下了这首诗。除了把妻子的学妹换成我的朋友，把"她"换成"他"，其余全是如实而写。

我喜欢写诗，也喜欢用平白的诗句记录下生活的点滴。但是我书读得少，很多深奥的理论文章我读不懂，也懒得读。于是，就由着性子一路写下来。我知道自己写得不好，但是也不懂得应该怎样才能写好。这就像一位蹩脚的厨子，一味地煎、炒、炸、煮，却不明白为什么或者什么时候放盐放味精放各种调料，偶尔碰到对口味的人，夸几句，内心会无比高兴。

每一首诗背后都有一个或长或短的故事。每一个词里面都藏着一双狡黠的眼睛，盯着你看，让你发毛、犯怵。每一个写诗者，不管认真不认真，必须对自己写下的文字负责。

读到林莽老师写给诗人慕白的一封信，"从你的作品中我看到你的抒情和记事是沿着自己的生命情感和生命体验在发展，你的诗是有自己的根的……尊重自己的生命认知，真诚地书写自己熟知的并有真切体验的生活和情感，才是更有意义的"。老师说得真好！我有幸也有几次面对面聆听老师教诲的机会，朴素的话语中蕴藏着深刻的人生与诗歌创作之哲理。

追随自己的内心，自然而不矫饰，诚恳而不虚伪。写诗如此，做人亦如此。至于是否有专业价值，无非一笑谈罢了。

『附诗』

我想要写一首有专业价值的诗

我一个朋友，在某学校当一把手
他说：某某老师的新书，我买了200
某某老师的论著，我买了300……
适值我自费出版的诗集刚刚面世
多年的好朋友，一直很喜欢我的诗歌
我跟他开玩笑：你要帮我销几本
在电话里，我能看到朋友为难的表情：
这个不好办，你的书没有专业价值……
善良的好朋友，实诚的好朋友
我写这首诗，丝毫没有一点见怪你的意思
我想要写一首有专业价值的诗
写一首能够卖出去的诗
在这个现实的世界上，不用畏首畏尾
理直气壮地站在一瓶干红，或者一桶酱油旁边

被打上：新品上市，价廉物美

一首有专业价值的诗

不添加任何防腐剂，也不用无聊的想象

更不掺杂爱情的想入非非和无病呻吟的忧伤

我从大脑里搜寻着每一个认识的字词

我甚至想恶补一下第 6 版的《现代汉语词典》

那些散落在梦境里的每一个配件

有人能够组装出汽车，有人能够建造起大厦

有人用之治病，有人用以娱乐

只有我，束手无策，像一个孩子

面对着一堆倒塌的积木，焦急而无奈

我想要写一首有专业价值的诗

好让自己也可以名正言顺地逢人就介绍自己：

我是一个诗人。专业诗人。

2014 年 7 月 20 日

作者简介：

　　黑枣，原名林铁鹏，1969 年 12 月 21 日生。作品散见于《人民文学》《诗刊》《诗探索》等；参加第十九届青春诗会，获 2010 年度华文青年诗人奖。已出版诗集《诗歌集》（合集）、《亲爱的情诗》和《小镇书》，散文随笔集《12·21——献给结婚二十周年》（与妻子合著）。

废墟之花

路也

2014年夏天，去参观汶川县城地震遗址。6年多过去了，那里保存着人间地狱之原貌。某个偏僻角落，一幢楼房下陷了三层，在露出地表的一个严重扭曲变形的凉台上，在断壁残垣上已变旧了的裂缝和折痕之间，有一盆花竟然还活着，它吸收室外的阳光雨露，叶子绿着，小白花儿开着——那是地震之前那家主人栽种的，天崩地陷墙倒房塌人去也，这盆花却活了下来。它盛开的背景如此惨烈，但它自己似乎无知无觉，完全不像经历了大灾大难，更不像已经多年无人照料了，它自在自然自得，就打算这么开下去了。

"江心洲组诗"于我，就像这盆废墟上的花。眼看它起朱楼眼看它宴宾客，眼看它楼塌了，已逾10年。10年过去了，我又写出许多新作，尤其写了我个人认可的《心脏内科》《木渎镇》《兰花草》《老城赋》《城南哀歌》等长诗，而这组与江南有关的组诗仍被当成我的代表作，被高频率提起，以至于额头上粘了一个"江心洲"的标签，想撕也撕不掉，想用后来的作品覆盖它，也不那么容易。最近在一个朗诵会上，听到有人朗诵《木梳》，声情并茂，我却如坐针毡，想逃跑，后来我真的逃到走廊上去了，去外面透透气。不是悔其少作，而是此一时彼一时矣。"江心洲组诗"毫无疑问是我这个"正常人身上的疯子部分"，在年逾四十的理智之年，想到自己曾经那样过而且又展现在大庭广众之下，我感到害羞，当然这组诗是自然的、真实的，它好就好在毫无做作、毫无虚饰，而也正因为如此，我才更加感到害羞。

　　我反对把"江心洲组诗""仅仅"定义为爱情诗——虽然它们的确写了爱情，我尤其反对将里面的内容"仅仅"解读为幸福——虽然主人公看上去的确仿佛是幸福的。类似只停留在片面意义上的"正确解读"，差不多等于把我看见的汶川县城凉台上那盆侥幸活下来的小花非常主旋律地解读成了"多难兴邦""众志成城""大爱精神"一样。

　　"江心洲组诗"写了近百首，发表出来的有60首，它们当然写到了爱情，爱情无处不在。写爱情，既不伟大也不渺小，一个从来没有写过爱情的诗人，其生命至少是不够丰盈的，作为诗人，甚至是十分可疑的。某位高大上诗人在某个场合大肆批驳爱情诗，正义凛然到似乎要把写爱情的诗人统统拉出去枪毙，当时我很想站起来反驳："你父母是穿着裤子怀上你生下你的吗？"还有比这更难听的，不提也罢。历经沧桑依然纯真的人永远相信爱情本身没有错，如果出现这样那样的错误，哪怕整个事件都错了，从开始到结束都错了，那也是人在犯错，与爱情本身无关。

　　我个人更愿意将"江心洲组诗"看成是探讨人与大自然

关系的诗作。这个国家当前的文学作品和文艺理论都过于关注人与社会的关系了，却忽视了人与自我的关系、人与大自然的关系、人与宇宙的关系、人与上帝的关系。这组10年前的旧作里最突出最醒目的背景是大自然，是有着独特人文意味的大自然，这个背景很重要，它过于重要，甚至延伸成了诗的内容本身。这里对于大自然的关注，采取的是一个恋爱中人的视角，在表达人关于大自然经验的时候，爱情在这里起到催化剂作用，使得大自然每一部分都被放大了、被强化了。或者，也许以下说法才更确切，现代技术用"偏光原理"来制作全息投影，而一双爱情的眼睛则干脆如同一台神奇的3D打印机，可以完整地——从总体到细节都充满质感地——打印出一整座长江中的岛屿：江心洲。甚至，再加上时间概念，可以达到全方位的4D效果。这样讲并非夸张，时过境迁，多年以后，我又陪同一位朋友去了几次江心洲，还在那里住了一夜，再也没有找到过去的感觉，岛上景物在眼中大打折扣，感觉变得迟钝起来，如果再去写这个小岛，句子落在纸上，顶多只能呈现2D效果。

爱情如流，往事如烟。在个人生活的地震废墟上，竟还摇曳着这样一些小花——一些劫后余生的诗篇。

2014 年 12 月

『附诗』

江心洲

给出十年时间
我们到江心洲上去安家
一个像首饰盒那样小巧精致的家

江心洲是一条大江的合页
江水在它的北边离别又在南端重逢
我们初来乍到，手拉着手
绕岛一周

在这里我称油菜花为姐姐芦蒿为妹妹
向猫和狗学习自由和单纯
一只蚕伏在桑叶上，那是它的祖国
在江南潮润的天空下
我还来得及生育

来得及像种植一畦豌豆那样
把儿女养大

把床安放在窗前
做爱时可以越过屋外的芦苇塘和水杉树
看见长江
远方来的货轮用笛声使我们的身体
摆脱地心引力

我们志向宏伟，赶得上这里的造船厂
把豪华想法藏在锈迹斑斑的劳作中
每天面对着一条大江居住
光住也能住成李白

我要改编一首歌来唱
歌名叫《我的家在江心洲上》
下面一句应当是"这里有我亲爱的某某"

2004 年 6 月

作者简介：

路也，女。毕业于山东大学中文系，现执教于济南大学文学院。著有诗集、散文随笔集、中短篇小说集、长篇小说等 10 余部。近年主要诗集有《地球的芳心》《山中信札》等。获过华文青年诗人奖、星星年度诗人奖、人民文学奖、天问诗人奖等奖项。曾为首都师范大学驻校诗人、美国克瑞顿大学访问学者、美国 KHN 艺术中心入驻诗人。

献给少数人

雷平阳

　　《澜沧江在云南兰坪县境内的三十三条支流》一诗，2006 年《羊城晚报》曾以《这是诗吗?》为栏目，用了很多个整版来讨论，后来还延申到网络上，讨论得很热闹，说好说坏都有过度阐释的倾向，我没有参与，只是暗中汲取营养。讨论告一段落后，编辑让我写了个创作谈，说到了生活在江水边的诗人的悲欣，说到了《山海经》的影响，也说到了零度写作。之后，这首诗不时地仍然有人将其贴到网上游街示众，目的都是为了否定它。让我吃惊的是，否定它的人大抵有两种，一是"权威"的专家，二是反对"官刊"和"体制内写作"的民间诗歌斗士。按照常理，这两类人泾渭分明，不可能是一个审美时空里的人，可事实是在否定这首诗上，二者竟完全一致，这实在令人费解。我从来不敢奢望自己写下的诗作都有叫好声，相反，我身边的朋友都知道，我其实是一个毫无自信心的写作者，针对系列地对这首诗的否定，我一度也认为是自己没写好，被骂乃是这首诗的命运。但我不赞成很多借题发挥、展示诗外功夫的做法。

澜沧江是一条伟大的河流，对云南及东南亚稍有了解的人都知道，从其发端到入海，两岸寺庙林立，生活着无数的佛教和基督教信徒。作为人世之江，它是母亲河；作为宗教之江，它是前往天国的走廊。然而，随着工业文明轰鸣着到来，漫湾、大朝山、小湾、糯扎渡、景洪等一座座巨型电站，以及其支流上数不清的小电站，迅速地将这条江腰斩了、解构了、五马分尸了。我所写的"又南流""一意向南"，方向还在，流淌则断断续续。别人怎么想我不知道，别人也可以装着没看见，但作为一个经常游走于这条江边的诗人，我希望自己能一再地写它。我最近写作的长诗《渡口》，写的也是它。在我当年写的关于《澜沧江在云南兰坪县境内的三十三条支流》的创作谈中，我说过，这首诗可以视为一份客观的地理资料，事实上它也是一份资料，其支流名称、数据，在赵伯乐先生主编的一本风物志中也有。2000 年前后，在这条江上奔走，采用这份公共资料，我认为资料复活了，因为它，世界重新有了地老天荒的气象，一条条支流犹如人的血管，又仿佛这个区域众多的兄弟民族原生文明体系之间的秘密通道，客观之中蕴藏了人类无法比拟的想象力，所谓诗意，就鼓动在景象的后面。是的，我想复制河山的局部，我想唤醒那一堆堆尘土封存了的、我又品味到了诗歌精神的客观材料。多么令人懊丧，再不如此，一切都会烟消云散，正如这 33 条支流，当你再去，那儿已经是拦河大坝上的一片汪洋。故乡在水底，水的支流在水底。1917 年，杜尚在商店买了个小便壶，签上名，命名为《泉》，送了去参加纽约独立艺术家协会的一个展览，引起持续多年的争论，核心当然是"这是艺术品吗？"讨论的结果很多，其中之一是说，现代艺术不再局限于审美，还要解决很多时代问题。应该说，这个事件对我写这首诗也存在着观念上的影响。

有人曾问过我，这首诗让我重写，我会怎么写？我说，我只会重抄一遍。如果必须改写，我会把地名换掉，把流程的公里数换成比如黄河长江的支流的公里数。我不指望这首诗也成为杜尚的便壶，只愿它作为一份"公共资料"存在下去，当人们谈起和想起它，就像在谈、在想不存在的一条天上的河流。可以肯定的是，因为客观和资料性质，这首诗隐藏或说删掉了多数人认为诗意的东西，所以它被更多的人注意到了，但它注定只献给少数人。

『附诗』

澜沧江在云南兰坪县境内的三十三条支流

澜沧江由维西县向南流入兰坪县北甸乡

向南流 1 公里，东纳通甸河

又南流 6 公里，西纳德庆河

又南流 4 公里，东纳克卓河

又南流 3 公里，东纳中排河

又南流 3 公里，西纳木瓜邑河

又南流 2 公里，西纳三角河

又南流 8 公里，西纳拉竹河

又南流 4 公里，东纳大竹菁河

又南流 3 公里，西纳老王河

又南流 1 公里，西纳黄柏河

又南流 9 公里，西纳罗松场河

又南流 2 公里，西纳布维河

又南流 1 公里半，西纳弥罗岭河

又南流5公里半，东纳玉龙河

又南流2公里，西纳铺肚河

又南流2公里，东纳连城河

又南流2公里，东纳清河

又南流1公里，西纳宝塔河

又南流2公里，西纳金满河

又南流2公里，东纳松柏河

又南流2公里，西纳拉古甸河

又南流3公里，西纳黄龙场河

又南流半公里，东纳南香炉河，西纳花坪河

又南流1公里，东纳木瓜河

又南流7公里，西纳干别河

又南流6公里，东纳腊铺河，西纳丰甸河

又南流3公里，西纳白寨子河

又南流1公里，西纳兔娥河

又南流4公里，西纳松澄河

又南流3公里，西纳瓦窑河，东纳核桃坪河

又南流48公里，澜沧江这条

一意向南的流水，流至火烧关

完成了在兰坪县境内130公里的流淌

向南流入了大理州云龙县

作者简介：

　　雷平阳，男，1966 年秋生于云南昭通土城乡。现居昆明。从 20 世纪 80 年代开始文学创作，曾获《诗刊》社华文青年诗人奖、人民文学诗歌奖、华语文学盛典提名奖等。已出版《雷平阳诗选》《我的云南血统》《云南黄昏的秩序》《普洱茶记》等多部作品。现为云南省作协签约作家，中国作协会员。

我手中的是一张外省的身份证

慕白

我写诗只是学着抒情和记事。不跟风，不入圈子。不欺人，不欺己。

头顶三尺有神灵，心存敬畏，不昧良心，不欺天地。

尊重别人，不轻视自己。条条大路通罗马，每个人都有自己的活法，踏踏实实地走自己的路。诗歌除了有灵，更应该有血有肉。

没有标识，没有旗帜。尽管，我很小，我微不足道，但我是我。

"诗在骨不在格也。"林莽老师告诫说："走自己的路，寻自己的根，完成好自己。"我一直把它作为座右铭。

大道至简，易简而天下之理得矣。不云山雾罩、故作高深。

语言质朴、简洁、自然、真诚、通透、温暖。这是我认为的一切好文章的基本品质。

诗有别才，风趣而灵性。作诗不可以无我。随园先生云：

"诗写性情，惟吾所适。"诚以为然。

"人必先有芬芳悱恻之怀，而后有沉郁顿挫之作。"一个人的胸襟能决定其作品的气象。拒绝刻意、做作、矫情、虚伪。

诗人就是人！除了他（她）写诗的时候。

我祖上二十八代都是农民，我看到的天最大也只有包山底的天。

我有幸成为首都师范大学第 11 位驻校诗人。

2014 年 9 月，我初到北京，林莽老师让我去《诗探索》会所实习，做漓江版年度诗歌初选工作。那时候《诗探索》新诗会所租在朝阳区文化站，但我不知道怎么走，林莽老师发短信告诉我从花园桥坐地铁 6 号线经过 11 站到呼家楼，然后倒 10 号线，坐 1 站到金台夕照，出地铁，沿着朝阳路往北走，还要进一个小区，才是朝阳文化站，七拐八弯的。

尽管林莽老师说得很详尽，但我不知道北京城到底有多大，没谱，缺底气，心里慌兮兮的。我是南方人，根本分不清哪是北京的北。

第一次去《诗探索》会所，我六点钟起床，天蒙蒙亮出发，居然没有走错，刘福春和徐丽松两位老师见我走进会所时，显得有点意外。

在《诗探索》会所，我第一次系统地翻阅了这一年的、几乎全国的刊物上发表的诗歌。据有人统计，目前每年产生的诗歌有 6 万首之多。但很遗憾，无论官刊还是民刊，很少有让我眼睛突然发亮、使我感动的作品。我读到的作品大多数都跟风或者流俗。甚至连一些名气很大的诗人，也粗制滥造，让我不得不感叹，诗歌太多了，多到让人不堪卒读的程度。

明代吴乔在《围炉诗话》里说："文出正面，诗出侧面。"

写诗，贵有独得。清刘熙载评论"清风朗月不用一钱买"的诗句时说："上四字共知也，下五字独得也。凡佳章中必有独得之句。"

我浪里淘沙，选出一些我个人认为好的诗歌。徐丽松老师看到名单和作品后，说了一句："你选的人，名字大多比较陌生。"

去年 10 月份，商震让我去《诗刊》做兼职编辑，学习编辑流程。

《诗刊》是诗歌的北京，是诗人的首都。去《诗刊》每天都要挤地铁，也是从 6 号线花园桥先到呼家楼，然后倒 10 号线。只是方向反一下，最后一站是把金台夕照改成团结湖。

北京城到处是高楼大厦，到处是车水马龙，到处人山人海。

北京城气候干燥，尘土飞扬。

北方与南方，天壤之别。北京城和我的包山底完全不一样。

包山底绿水青山，明月清风，夜空星辰璀璨。

北京城紧张、拥挤、机械，地铁只有一个终点，是北京城的一个缩影。

北京城门常打开，开怀容纳天地。

北京欢迎你！北京大气、包容，同时容得下鱼和龙。

我初来乍到，好像刘姥姥进了大观园，惊艳、紧张。在北京城，虽然前途一片光明，但我犹如一只玻璃容器里的苍蝇，不知道哪里是出路……

传说北京城是我老乡刘伯温设计的。

刘伯温，名基，谥文成，文成县南田人（旧属青田县）。元末明初军事谋略家、政治家及诗人。他以辅佐朱元璋完成帝业、开创大明帝国而驰名天下，被誉为"立功、立德、立言"三不朽伟人。刘基与宋濂、高启并称"明初诗文三大家"。"所为文章，气昌而奇，与宋濂并为一代之宗。"

刘伯温精兵法、通经史、晓天文。虽然我和他是老乡，但隔着好几百年，他设计的明朝北京城没有现在这么大，当然也没有地铁。传说他前知500年，后晓500载。我来北京时他老人家已经是700多岁了，已经超出他的神算范围，所以尽管我读过《烧饼歌》，看过《推背图》，但这是别人的北京城，我一个用外省身份证的人，无论我怎么样努力，都只是过客。

"有钱全买酒，无日不读书；醉死便埋我，江山足万年。"

饮者也寂寞。

去年11月份的一个晚上，北京城下着小雨，我一个人在西三环北路的小饭馆喝着二锅头。喝着喝着就多了，也不知道如何回到学校公寓的，半夜酒醒，我写了这首《酒后》：

我再怎么努力，再怎么使劲
也无法打开北京的房门

今晚从外面喝酒回来已是午夜
借着昏暗的星光，我掏出一张卡，想打开房门

门，稳如泰山，坚如磐石，怎么也不能打开

我使劲推，用手拍，用脚踹，用肩顶

我的举动，惊动了保安。他查验了我的身份后

才发现，我闹了笑话，拿错了卡

我手中的是一张外省的、包山底的身份证

我迄今连诗是什么还没有完全搞明白。

我根本不知道诗应该写得怎么样，或者怎么样写才算诗。

通过一年来在首都师范大学的系统学习、认真梳理，加之在《诗探索》《诗刊》选稿实习，在吴思敬、林莽、商震等诸多老师的鼓励、身教言传之下，他们培养了我的初步诗歌审美，不再人云亦云，让我增加了一些诗歌阅读与写作的信心。

商震叫我在北京、在首都师范大学要学会轻声细语，学会都市人的生活方式。但我学不好，有话就得说出来，我学不会藏着掖着。

数声清磬是非外，一个闲人天地间。

反之，商震自己也没有做到。他也直来直去，他的不会弯弯绕绕倒是很合我的脾气。

或许是江山易改，禀性难移吧。商震的诗学影响我很深，他那东北汉子的豪侠义气也潜移默化了我，但我到今天最多只能做到不乱吐痰。

其实，在北京城里，我大声说话，一样没有人听。

这年头，谁还会倾听另一个人的说话……

我应该庆幸，在北京这样一个喧闹无比、紧张莫名的城市，有诗歌、诗人和老师兄长给我带来了温暖、安静。

『附诗』

酒后

我再怎么努力，再怎么使劲
也无法打开北京的房门

今晚从外面喝酒回来已是午夜
借着昏暗的星光，我掏出一张卡，想打开房门
门，稳如泰山，坚如磐石，怎么也不能打开
我使劲推，用手拍，用脚踹，用肩顶
我的举动，惊动了保安。他查验了我的身份后
才发现，我闹了笑话，拿错了卡
我手中的是一张外省的，包山底的身份证

作者简介：

　　慕白，浙江文成人。中国作家协会会员，首都师范大学2014 年度驻校诗人，参加《诗刊》社 26 届青春诗会。曾获《十月》诗歌奖、中国红高粱诗歌奖、华文青年诗人奖。著有诗集《有谁是你》《在路上》《行者》。

怀念的，忧伤的……

熊焱

　　回忆总是漫长的，哪怕我们回忆的对象仅仅是短短的一瞬。在那些漫长的回忆里，有一些人，有一些事，总会让我们怀念，让我们忧伤，让我们爱，让我们疼……就比如那个叫小小的女孩，她的调皮、她的笑、她的嘴角边的一粒小痣……还有更多细微的地方，都让我想起。

　　那时我和她还是大学生。说起来很惭愧，我们违反了学校的规定，在校外租了房子。我们懵懂，我们冲动，我们热烈的青春和情感像花朵一样一瓣又一瓣地绽放，芬芳着那些平凡而又梦幻般美丽的时光。

　　生活就是那样，它看起来是那般平淡和波澜不惊，可是在它的背后却充满着不可预知的偶然和戏剧性。就在那个夏天的午后，小小骑着自行车，在大街上和一辆卡车撞上了……就像一滴纯净的水珠，她悄无声息地融进了这个世界的寂静里。

　　在后来的日子里，我都恍恍惚惚地感到自己生活在一个故事中，让我陷入了不可自拔的忧伤和悲痛。

我想，时间就是一剂良药，将慢慢治愈我心灵深处的伤。可是在很多个夜晚，我都会想起小小。她就像一株亭亭出水的芙蓉，挺拔在我记忆的池塘。在那样的夜晚，我总会失眠，百无聊赖地听着窗外的汽笛声响起来又停下去，然后又响起来，仿佛是从夜空中落下的石头，砸进了夜晚这口幽深的水井里。

——在她离去后的那些日子里，我真的是太过寂寞和空虚了。

2004年7月，我大学毕业。在刚毕业的那段时间里，我过得异常忙碌和疲惫。有时晚上回来，一走进小区，我会看到人家的窗户都亮着灯，像一双双温暖的眼睛。只有我的房间里一片黑暗。我开门，开灯，就看到了自己的背影斜斜地映在墙上，显得孤零零、冷清清。这时候，我总习惯于倒在床上，发呆，怀念小小，内心里辽阔的孤单就像窗外那无边无际的夜色。

有一天夜里，下着雨，淅淅沥沥的，有点儿像小小说话时那种细细的声音。正巧我当时正在读一本古诗词，读到了苏东坡为亡妻而写的那首脍炙人口的名作《江城子》。我真的记不得那一刻是怎样的一种触景生情啊，反正那些像烟花一般绚烂的往事就在眼前纷纷涌现，仿佛是一条泥沙俱下的河流，席卷着我内心里漫延的寂寞、忧伤、悲痛……在我的胸中扑腾着，打着漩儿。

我敢肯定，纵然是才高八斗的人，也纵然是心里装着千言万语，都不足以表达我那时的心情。所以，在写作《怀念》这首诗的时候，我尽量在字里行间控制着个人的情感，力求内敛和隐忍一些。我没有把它当作是一种文学形式，而只是我想说一些话，要在那个夜晚轻轻地说给她听。我也希望别人在读到那些文字的时候不要误认为那是我在矫情地讲述着我的刻骨铭心的爱恋，以及我生死不渝的深情。

事实上我一直都在试着去忘记她，我也一直都认为已经过去了的事就过去吧，已经离开了的人就离开吧。对每一个追忆者来说，再多的怀念、再多的忧伤、再多的悲痛……都是没用的。最重要的是，在今后的岁月里，我们要学会好好地珍惜，好好地生活，好好地爱。

『附诗』

怀念

夜雨落在窗外
像你说话的声音，小小
你在两年前匆匆离开，就仿佛是在昨天
你才出门去买菜。小小
这两年来，我一个人寂寞地过
寂寞地守着我内心的苦、破碎的生活
累了，念一些人，想一些事
或者躺在床上，像一艘破船
我把自己搁浅了。小小
在这里，你的魂还在
你留在枕上的呓语和呼吸还在

从火葬场到家门口的路，只要半小时了
小小，别挤公交，打的吧

你遗留的化妆品、衣服、数码相机……
我都完好地放在柜子里的。小小
它们和我一样，一直在等你回来
小小，现在是十点钟了，夜雨依然在下
我有事要出去了，小小
我把灯开着。那温暖的光亮
就像你，在两年前守候着我在深夜里疲惫地奔波

作者简介：

　　熊焱，1980 年 10 月生于贵州瓮安，曾获第六届华文青年诗人奖、第八届四川文学奖、第二届天津诗歌奖、第二届海子诗歌奖提名奖、首届四川十大青年诗人、尹珍诗歌奖等多种奖项。出版有诗集《爱无尽》《闪电的回应》。现居成都。